远方
有多远

张学晋 〵著

团结出版社

图书在版编目（CIP）数据

远方有多远／张学晋著. -- 北京：团结出版社，
2023.8
ISBN 978-7-5234-0321-1

Ⅰ.①远… Ⅱ.①张… Ⅲ.①诗集-中国-当代
Ⅳ.①I227

中国国家版本馆 CIP 数据核字（2023）第 138923 号

出　　版：团结出版社
　　　　　（北京市东城区东皇城根南街 84 号　邮编：100006）
电　　话：(010) 65228880　65244790
网　　址：www.tjpress.com
E - mail：65244790@163.com
出版策划：书香力扬
经　　销：全国新华书店
印　　刷：四川科德彩色数码科技有限公司
开　　本：145mm×210mm　1/32
印　　张：10.375
字　　数：219 千字
版　　次：2023 年 8 月第 1 版
印　　次：2023 年 8 月第 1 次印刷
书　　号：ISBN 978-7-5234-0321-1
定　　价：58.00 元

序 言

王彩凤

每个生命都住着一个故乡。

每个人都有一个远方。

初次认识张学晋是在一次文学聚会上，知道他的笔名叫享受生命，朋友们说他是一位爱诗的人。

坦白地说，我怕深读他的文字，那是一种痛彻心扉的体验。一个人太单薄，承载不了这本《远方有多远》所要抵达的地方。为这本诗集写序，我起初真的没有信心。众所周知，每个诗人都有自己的诗歌语言。诗歌语言包含了节奏、韵律、视觉形象、虚构等等，来源于生活，又高于生活。在张学晋洋洋三百首的诗集中，无论长诗还是短诗，每一首都是有形有象，有情有爱，可触可感，似乎每一个字符不是字符，而是一双寻求真、善、美的眼睛，在寻找诠释世间万象。多年来，他对诗的执着始终如一，他把对个体的生命与世界的碰撞，化作一首首感人肺腑的诗行，或呐喊、或反抗、或顺从、或豁达，借物，寄情呈现他对远方、故乡、爱情怀有根深蒂固的执拗和爱恋。看到一朵雪花，一滴水，一棵草，这些景物在他的笔下，犹似风吹帆动给予了更多向往，爱潜藏在诗人灵性的诗句里。鲁迅先生曾说了一个绝美的比喻：诗人为什么写诗，就像花为什么要开一样。

诗歌，一向与情感互为姐妹，是诗人心灵深处的行为方式。在《远方有多远》这本诗集中，一个诗歌"思想者"跃然纸上，读了让你情难自禁，诗人张学晋发自内心的拷问似乎没有边界，它可以在一个夜晚，一杯酒里，一棵芦苇，乃至一个晚秋。《芦苇》一诗，"半生在水中漂浮/半生在堤上孤独/上面，阳光普照/下面，荒草萋萋/暗流涌动/不知道谷底能有多深/不知道未来身居何方。"诗人笔下的芦苇已不是芦苇，是洞悉世界与自我之间的桥梁，他不断修炼与完善，让自我的忧思，找到了一片广阔的水域，安放命运的颠沛流离，悲观却没有屈服，像芦苇一样在喧嚣的尘世探寻活着的走向，他的灵魂在诗中获得另一种安放。诗人在另一首诗《过客》中写到，"一直想让目光穿透车窗/安顿久远的虚空/只是风卷的残云遮挡了视线/恍惚中　电闪雷鸣/雨滴随意滑落　远方/现出一片多彩的霞光。"这样虚实有致、一暗一明的句式暗含着诗人的悟性，他的诗闪耀着人性和诗性永恒向阳的光彩。随着我个人阅读的深入，我觉得他对人生的思考以及理解，像一块薄冰在水中漂移，遇风遇浪，直至冰雪消融，也许只有这样饱含真情的旅程，才不会偏离了航向，才更能靠近精神原点和心灵的归宿地。

海德格尔曾说过，"诗人的天职是还乡"。张学晋的诗，浓浓的乡愁是他创作的另一个版块。他从乡村步入城市，他的人生经历，生活底蕴，字里行间冒出来的离愁别绪，散发出真切的人间烟火味，他质朴无华的情感，让你不自觉地深陷其中，不能自拔。能够体味到他刻骨铭心的诗句里系着一个对"乡"字的思和愁。最让人热泪溢满眼眶的是《孤独的村庄》中"那株落完叶子的老榆树/佝偻着躯干/演绎着生命的绝唱//远方的暗夜/送行最后一抹夕阳/正慢慢笼侵蚀着/这个没有灯光的村庄。"诗中用老榆树、暗夜、夕阳直指没有灯光的村庄,没有直白地说出是谁孤独,他已示村庄,一景一物如亲人,整首诗搅动了诗人思乡的心绪。此时景情相互交融,眼前捕获一个时而温柔时而炙热的诗歌故乡,仿佛亲人就站在家门口等着他的归来。读着读着,似乎捡拾了某段记忆,这些原初的情怀,诗人灵墨劲泼,充满深情溢于指缝间。在他的《遇见》里:"遇见你/就如老家/小村庄/树梢上飘过的气息/又似那条快要干枯的/河里涌动/的涓涓水流/注定不会长久//能够抓住的/唯有已经到来的秋/和让我产生幻觉的/剩下半瓶的酒。"这些漂泊感十足的诗作,是岁月流逝的无奈,也是空间的现实在探求生命神秘的完整,同时也让人联想到他从未忘记在精神领域触摸孤独的这种特质。

关于爱情诗,可以说是张学晋诗歌里最耀眼的部分。爱情自古以来从朝朝暮暮,到生死相许,无数文学作品在吟咏,似乎无论是谁,都渴望穷尽一生想追求爱情,想揭开情感神秘的面纱。在他的诗行里,一个多情、率真、重情重义的形象,不经意间就契合了你内心对情爱的诉求。很多时候,真可谓"山有木兮木有枝,心悦君兮君不知"。正如诗人在《胡思乱想》中写到:"我和你/不过是一粒沙子/和一滴水的相遇/在风雨中/轻轻地轻轻地/滑落……"一粒沙和一滴水相遇,我们都不过是小小的微尘,路过人间。这首诗勾勒出人性中最美好的爱情。诗中的"沙子""水"都具有了人的情意,当情感得到内心的指认,爱会再一次飞跃和升华，获得一种柏拉图式的皈依。好的诗根植于生活，而爱才是热恋生活的"原乡"，它呈现的色彩是其他载体不可比拟的。

张学晋要我为本书写序时曾嘱我"不求美誉，但乞批评"。一句话让我特别地感动和赞许，也知诗人不仅娴于辞藻，更钦佩他气度之恢宏与人品之可赞。后来我知道张学晋还是我父亲的学生。父亲常说，他常年在乡镇工作，是个好干部，为老百姓做了好多实事，更难能可贵的是他从政多年，仍能葆有初心，坚持碎片化写作。孔子云："士，先器识而后文艺。"于张学晋确是如此。

诗人娜夜说过，"写作从来只遵从我的内心，如果它正好契合了什么，那就是天意。"祝福诗人张学晋。愿他在诗歌的道路上自由徜徉，无论远方有多远，都能够面朝大海，春暖花开。

王彩凤，笔名杜鹃听岚，江苏省作家协会会员，诗歌爱好者。作品发表于《诗刊》《扬子江诗刊》《诗歌月刊》《诗选刊》《诗潮》等。获中国诗歌网父亲节大赛优秀奖，宿迁市首届文学奖。任《神州文学》杂志编委。

自 序

无论生活

怎样开始和结束

无论命运如何待我

我都会永远感激

在我的生命里

曾经与你相遇

未来的日子

飘在你脸上的雨滴

就是生命中

我对你的祝福

二十世纪六十年代末期，一个弱小的生命在苏北一个乡村的农家诞生了。那，就是我。

我度过了无忌的童年，直至高中毕业，似乎也没什么动人的故事发生。

可就在得知高考落榜后不久，我年过半百的父亲突然生病去世了，留下了年迈的祖母、外祖母和伤心的母亲，还有七个未成年的兄弟姊妹。作为老大的我，从此成了这个家庭的顶梁柱，撑起了家的天空。许是老天有眼吧，不久后的乡镇聘干考试竟让我考上了！虽然这样，生活的艰辛，家庭的重担还是让我过早地体会了世事炎凉。我的那些曾经美丽的梦想开始变得遥遥无期。尽管如此，我的不安分的内心，一刻也没有停止对梦想的追求和渴望。太多的经历让我对生命的理解似乎比同龄人要丰富许多。酸、甜、苦、辣各种滋味对我实在算是平常。在别人的眼中，我也许活得很潇洒，可谁又能了解我内心的酸楚……尽管这样，我依然坚强且快乐地活着，工作认认真真，兢兢业业，先后从最基层的办事员，做到乡镇中层干部，到乡镇领导班子成员。

文学是我一生梦想，尤其喜爱诗歌。2012 年起，利用业余时间在 QQ 空间写点"诗"，几乎不敢示人，自娱自乐吧。一个偶然的机会，结识了一些文友，在他们鼓励下，勇敢地给网络平台和文学期刊投稿，得到了一些老师和文友的认可。从此，一发不可收，工作之余或夜深人静时，发挥自己的想象，累计创作诗歌六百多首，先后加入泗阳县作家协会、泗阳县诗词协会、宿迁市作家协会、江苏省作家协会。数十首作品在各类报纸杂志和网络平台上发表展示。

对于诗歌，当初只是一个文学青年的爱好，无论从广度还是深度，对诗歌的认识较为肤浅，都是随性随意而写。大量阅读古诗词后，语言上不由自主地关注节奏和韵律。

近几年人们对诗歌的形式认识越来越模糊，各种体裁的出现，也引起了对诗歌形式的各种争论，有的所谓诗歌，几乎就是分行文字的排列。

对此，我一度陷入困惑和纠结，一段时间灵感尽失，有时真的搞不清现代诗歌该怎么写？诗者歌也。好在我一直坚持自己的创作思维。

现代生活中的真情实感，以及现实生活中无法满足的本能情愫，我用诗歌的形式进行表达，在真实和虚拟、抽象和具象中挖掘素材，启迪思想。借景借物抒发和揭示生命的真谛。

由于水平有限，对诗歌的认识还没有达到一定的高度，甚至很多语言不足以表达内心深处真切的感受，好在我愿意当"小学生"，我会努力坚守。期待诗集能得到方家的批评和指点！感谢曾给予我创作帮助的老师和诗友！以及诗集的设计、编辑老师！还有为诗集作序的师妹王彩凤。

做诗人一样的人，过诗一般的生活！诗是我美丽的梦，诗歌园地里，我会一直在！

我一直在
诗歌之海
呵护每一朵浪花
和每一尾鱼儿
我不敢离开
不管你来
还是不来
我都一直在

2023 年 3 月 20 日

目 录 Contents

第二辑　我的小村庄

第四辑　风蚀的思念

远　方　有　多　远

第一辑

01

远方有多远

远方有多远

明知道春光灿烂
到处生机盎然
嫩的绿　鲜艳的色彩
充盈着眼睛
可心儿惆怅
一片荒芜
喧哗中
走不出孤独

总在夜晚
深深的静寂里
想象
黑夜有多黑
远方有多远

无处安放

秧苗躺在
夜的怀里沉睡
黑暗轻抚万物

星光呢喃
屋里的人醉意婆娑
烈酒也未能阻挡清醒

悄悄打开于机
聆听一曲
寻找逝去的青春
和无处安放的中年

过客

总是迎着朝阳赶路

未泯的雄心

在每一个清晨被重新点燃

车来车往　装饰着路面的颜色

绿植葱茏　无暇顾及苍翠中

有名无名的小野花

兀自绽放

一直想让目光穿透车窗

安顿久远的虚空

只是风卷的残云遮挡了视线

恍惚中　电闪雷鸣

雨滴随意滑落　远方

现出一片多彩的霞光

心事

冬雨带着心事
散落尘寰
寒风凛冽
麦苗始终不屈
坚忍冰凉
期待雪花皑皑

激情早已成昨
青春不再
诺言尘封太久
仕途虚妄
白发渐长
怎奈远方很远

夜晚

夜包裹着灯光
黑暗中透着暧昧
小酒馆推杯问盏
心事藏在心底
抵御着寒冷偷窥
房间内充斥妄语
醉酒的人没有远方

中秋

一杯酒，虚拟地饮下
清风荡漾。满月的光
也斟不满。经年早已虚度

那池秋水，荷香飘逸
推开窗，仿佛打开多少春秋
那夜的黑　与月共融

以后，不必说出
运河水，从未枯萎过
今夜，我千杯不醉

致余秀华

你在摇摇晃晃的人间
活得坦坦荡荡
你用闪电撕裂着黑夜和阴霾
用瘦弱的身躯
迎接着狂风暴雨的肆虐
凭着一棵小草的力
发射着梭梭子弹
让亲者快意　仇者苦痛
你还用左手搀着月光
在人世上徜徉

庆幸

九月的天空似乎
缺少了寒冷
楼下的小竹林
依然在轻轻摇曳

远方　几朵白云
悠闲地飘荡
远方的远方
两个国家的青年在战场

真庆幸生在我的祖国
没有动乱　血腥　杀戮

小酌

酒点燃了冰
滋润了心灵的麦田
文字在房间飞舞
喜乐溢满杯盏
各怀心事

窗外的雨丝
淋湿着暧昧的夜
霓虹灯充满蛊惑
想起穿越雨中的感觉
一定不是冬天

冬雨

酒香弥漫
寒夜变得丰满
交流让语言温馨
开怀畅饮

冬雨
悄悄地飘落
雨丝缠着光影
包裹着时空

沐浴的灵魂
接受着洗礼和超度
沉浸在夜中
雨中　梦中

无聊

无法沉静
不如放下
所有的都在慵懒
枯叶自虐地飘落
楼前的那丛青竹
总在随风摇摆

窗台上的玉树
青葱欲滴
合起的书
想不出一首诗
闭上眼睛
虚拟着远方
那片云
云下的那座山

晚秋

果实归仓
早晚渐凉
汗水不再肆意
路边的野菊花
搔首弄姿
阳光抚摸着慵懒的白云

夜色裹着星星
高脚杯里的红酒
氤氲着暧昧气息
晚练的脚步
在木栈道上游弋
廊桥上两尊雕像伫立
欲说还休

夏夜

小岛　蛙乐　蝉鸣
萤火虫围绕
河面波光粼粼
与岸上的霓虹辉映

树影婆娑　月色朦胧
星星悠远
一双手托起莲花
两只手牵念天涯

这样的夜晚适合暧昧
只是夜色深处
断了一根线的秋千
荡不起来

窥视

蹚过一条倒流的河
才发现真理在彼岸
树梢上有人低语
黑暗遮挡着月色
木槿花早已凋落

酒桌上倾诉衷肠
麦子因为饱满被收割
时光纠结着思维
微笑的桥面上矗立
相拥的雕像
夜空中　朦胧的花香
诱惑着窥视者

黑夜里有颗搏动的心

不知从哪一时起
总是期待黑夜
期待只有两种颜色的世界
亮和暗　白和黑

向往变成一棵树
无论昼夜　兀自独立
静观世事　笑对风雨
霜也无惧　雪也无惧

明亮处总见尘埃
黑暗里美梦自来
虚无与真实
在黑白间错位轮回

闭上眼睛　没有遥远
所有的事物都能亲近
永恒无所谓长久
黑夜里有颗搏动的心

寂

灰蒙的天空
夕阳已隐去
楼下的小竹林
轻轻摇曳着微风

似乎有鸟鸣声
掠过窗户
一只苍蝇在
窗棂上寻觅

一支笔
摊在白纸上
旁边躺着一本诗集
杯子里水没有热气

我喊不出来

总在深夜里聆听蛙鸣
如一场盛大的交响乐
此起彼伏　如泣如诉
仿佛黑夜是它们的舞台
每一只都在尽情地表演
也许从没在意有没有观众
反正我在聆听　黑夜在聆听
高楼的窗户　根本挡不住
它的穿透力
它们才不会在乎
有没有谁喝彩

不知什么时候我睡着了
我梦见自己也变成了它们
渴望放开喉咙
只是　我喊不出来

享受夜

总在深夜
享受万籁静寂
抛开一切浮躁
聆听声声虫鸣

念想在深邃中
蔓延 害怕失去
害怕远方的
风雪 太冷清

思绪 透过窗户
穿越黑的夜
黑的翅膀
在黑的天空飞行

你是我的精灵
我在你的天空
寻找黑色的眼睛
寻找 光明

妄想

把夜撕成碎片
揉进风里
让寒冷冰冻

把失眠沉入海底
摁进黑暗
化作磐石

阳光如利剑
刺破苍穹
刺不破人心

动

一切都在动
风、云、海
鲜花、渔船、青山
路上的车
行走的人
还有思绪和念想
家乡已在远的远方

生命在生命间
流动　流淌　交融
不急不慢的雨丝
梳理着尘埃
梳理着时光
匆忙掩饰了等待
小野花在蔓草间
独自绽开

总是

总是
渴望夜深人静
渴望沉浸安宁
渴望撕去层层外衣
赤裸着进入梦境
不再清醒

总是
幻想倒流时光
回到儿时故乡
听奶奶讲大灰狼
听麻雀吵吵嚷嚷
听小狗儿汪汪

总是
梦想着天亮
忽然长出一双翅膀

自由自在地翱翔

冲破险阻和风浪

飞向远方

还

我的思想

如被秋风扫过的树叶

枯萎，毫无规则的坠落

漫无目的，游离着

整个身体好像

沦陷在一个巨大的漆黑的锅底

有时难以呼吸

有时狂怒　焦躁

渴望一把利剑刺破苍穹

刺碎石头　痛快淋漓

然后　用秋风拼凑凌乱

用秋雨滋润心田

用诗句缝补破损的心空

把黑夜还给黑夜

把白天还给白天

荒芜 （十四行）

时光一天天滑落
在机械的重复中
捡拾着时间的碎片
光怪陆离的颜色
总是拼不出完整的图案

麦子即将收获
石头底下隐藏着希冀
远眺树梢上面的远方
不知道究竟有多远
害怕失守那份执着
害怕决堤的海水
湮灭所有的念想

我眼前满是绿洲
心中却一片荒芜

行者

你在一条布满泥泞
的路上小心翼翼前行
两边都是些陈旧风景
沧桑的老树上奋拉着
摇摇晃晃的枝丫
黄黑的叶片随风飘零
斑驳的树影呼应着
深色山峦

似乎能听到风
划过耳边的声音
远处　渺茫的透着霞光
那该是一个城市的边际
混沌又充满魅惑的地方

我喜欢站在窗前瞭望

一直喜欢伫立窗前
远眺肥沃的田野
淹没在苍翠中的山峦
分不清是炊烟袅袅
还是云雾缭绕的
若隐若现的村庄
当然还有近处蠕动的人流
匆匆而过的车辆
仿佛还能看到看不到的景象
感觉这眼前的所有东西
都在以一种不变姿态
从亘古从开天辟地那一刻
在一条无形长河中慢慢流淌
看到始点却看不到终点

看到了挣扎 恐惧 惊慌和绝望
也看到了愚昧 贫穷 富有和辉煌
当然还有血腥 贪婪 杀戮和战场

还有欺骗　友善　关爱和吉祥
还似乎从光芒中看到了自己
看到了前世　看到了
祖先们依然在忙碌　奔波和劳作
那所谓天堂也不是平等和平安地方
然后任由脑海畅想
眼前的所有存在及未来
想几十年后也会一样融入
这条源远流长的河流中
从此无声无息潜入河底
想后人们会不会
站在那时的窗前
如我现在一样　瞭望

照亮

到底要燃烧多少个黑夜
才能把灵魂的所有角落
都照亮，看，黑夜
显得很痛苦，呼呼的风像在
哮喘，哗哗的雨似是剧痛中
流出的汗水和血液，乌云
如撕裂的夜的肌肤，闪电
和灯光交织成支离破碎
整个夜幕仿佛遍体鳞伤
已经面目全非的思想
仍然等待着点燃
等待着照亮

要不

总想
把自己关在
一座安静的小屋
远离烦杂　喧嚣
任宁静　安逸
围绕着我

或者
还世界一片
清新和公平
让每个角落
都有花朵
让每一个人
不论人种　肤色
都享受快乐

要不
把尘世间所有

忧伤　都给我
所有泪水
都从我的眼中
滑落

无非过往

生命中
谁没有一段时光
令人难忘令人向往
令人慌张令人彷徨
只是那段日子
可短可长
可喜可殇
无论怎样
无非过往
花落人瘦
花逝飘香
终究烟花一场
唯留下一帘春梦
一弯月凉
一生惆怅一世深藏

芦苇

半生在水中漂浮
半生在堤上孤独
上面，阳光普照
下面，荒草萋萋
暗流涌动
不知道谷底能有多深
不知道未来身居何方

把生命重启

这个
黑黑的夜
我渴望快快
进入我的梦
到我的世界
游弋
且让身外的一切
停滞
或者
将现实关机
待到天明时
再把
生命重启

今夜，做我自己的上帝

今夜

就做自己

在我的世界里

不装腔作势

更没有丁点心机

也不做那假意的绅士

要撕掉身上的外衣

和所有虚假的画皮

赤身裸体

无所顾忌

像流星一样

烧毁自己

也决不吝惜

还要让心内

囤积的洪水决堤

把天下所有的

不公讹诈欺凌顽疾
统统冲刷荡涤和灭迹

今夜
与身外的一切为敌
做我自己的上帝

不再妄想

要我怎么去遗忘
才能不触碰旧的
伤
好想一层一层
剥掉厚重伪装
脱去虚假面具
还我真实模样
享受每一天
不再妄想

当

当圣诞老人蹒跚着脚步

把祝福的钟声敲响

当我看到每个清晨

辛苦的环卫工人扫着冰凉

我好想祈求上帝呀

能不能把太阳的光芒

温暖的公平地照耀人间

每一个心房

无论贫富　无论男女

无论肤色　无论信仰

我一直在虚度时光

几十年来
似乎也紧紧张张
匆匆忙忙
可静下心来一想
感觉这世界
还是那模样
我就这样碌碌无为着
从意气风发激情飞扬
到怀揣忧伤两鬓微霜

如今
看看膝下儿郎的儿郎
还能有什么梦想
尽管这一刻
朝阳晒在脸上
想捕捉灵感
写一篇感动自己的诗章
怎奈还是心生念想

没来由的感殇
想想这生命
无非真的过客一场

我一直在虚度时光

梦的童话

从小
就做着单纯的
简单的梦
慢慢长大
如今
已经望不到
青春的尾巴
默默承受着
飞溅的风沙
数不清的孤独
甚至
不再想讲话
真的受够了
世俗的虚伪
和心灵枯竭的浮华

日日夜夜祈祷
哪天

我能

不再挣扎

迎着漫天飘舞的雪花

牵着心中

无数次幻想的童话

背着那把吉他

抛下所有牵挂

任寒风冰冷地刺骨地刮

我会依然

义无反顾

远走　天涯

我的青春哪去了

太阳依旧
月亮依旧
这逶迤曲折的运河水
也依旧　一直在流

土地依旧
青山依旧
那片葱茏幽深的
荒陌中　依旧
又多了几座坟丘

青春呢
我的青春哪去了
恍惚间
忽然看到
她
在杯子中溶化
在目光中迷茫

在混沌中消逝
在发梢间成霜

我伸手去抓
却抓散了漫天风沙
洒落成一地忧伤
惊醒时
化作泪花
汇聚成涓涓细流
流向明天
流向深秋

生命之轻

生命

在今夜变得很轻

很轻

就如灰暗的街道上

那盏昏黄的灯影

在梦的边缘

化与无形

你听

有风的声音

那是雨的叮咛

不要张开眼睛

把梦攥紧

封住一颗心

就不会惊醒

即使天明

因为美好　所以念想

好留恋过往的
一些时光
充满美好

那个时候
生命简单清晰
轻松　安详
没有复杂
没有虚妄
微笑也自然
不沾染夸张
曾经的惆怅
也只是心底一丝
美丽的忧伤

好留恋过往的
一些时光
因为美好
所以念想

一场烟云

生命中

到底能经历

多少次感动

可是

所有的爱恨情浓

又怎么能阻得了

流水匆匆

年少时的轻狂

长大后的无奈

就像空中的

那朵云

飘来飘去

没有固定行踪

如今的淡漠和理智

代替了曾经的

激情和懵懂

年华又如何能挡住

转动的岁月时钟

看不尽荣华富贵

酒绿灯红

到头来无非

一场烟云

一堆黄冢

我相信

我相信

再漫长的黑夜

也会等到黎明

再恐惧的梦幻

也终归会醒

我相信

无情的岁月

会刺伤你的眼睛

坎坷的经历

却能坚强你的生命

我相信

温暖的阳光

能融化坚硬的寒冰

不屈的信念

能敲醒沉睡的心灵

我相信

所以我相信

我在努力前行

因为

我相信

人间事

人间事

无非笑谈中

喜怒哀乐杯中影

雪月风花不待春

醉醒皆朦胧

离歌

漫天飞雪虽已融化
这个尘世依然浮华
背起行囊离开了家
踏着严寒再走天涯
带着妻儿满眼泪花
带着妈妈心酸牵挂
无论遇到什么风沙
我会告诉自己别怕

我会告诉自己别怕
无论遇到什么风沙
带着妈妈心酸牵挂
带着妻儿满眼泪花
踏着严寒再走天涯
背起行囊离开了家
这个尘世依然浮华
漫天飞雪虽已融化

不提那个字

有一个字

曾经朦胧　曾经辉煌

曾经惊天动地

如今历经风雨

似乎像风一样飞逝

带着年少

成了早已

不知哪一天

为了那个字

感觉孤独

开始写诗

不知不觉间

迷失了自己

在生命的海里

坚强地搏击

抵御着暗礁巨浪

憧憬着对岸神奇

也许　生命中
会有一种东西
不要轻易说出
宁愿深藏心底
当你明白时
不提那个字

心的海

心的海
一直存在
风平浪静时候
喜欢一颗心
静静发呆
随心所欲
享受
自由的
毫无纷扰的境界
关闭门窗
隔开
浑浊的雾霾

或者
沉醉一首歌
一首诗一阕词
忘记了自己
身外的　一切

都不在意
只任你
在心的海
汹涌
澎湃

不是

不是春天里才会花开
不是冬日里只有寒冷
不是友谊总能天长地久
不是爱情非要走进婚姻
不是所有伤痕都能愈合
不是所有痛苦都有泪水
不是所有回忆都是美好
不是所有恩情都能报答
不是所有付出都有回报
不是所有理想都能实现
不是每个角落都有公平
不是命运只有自己决定
不是有些心结可以打开
不是失去岁月可以重来
不是
不是有些不是真的不是

记得回家

无论你云游四海
还是浪迹天涯
别忘了身后的路
那岁月的脚印
早已风干了流沙
疲倦的时候
记得回家

无论你在外努力打拼
还是享受潇洒
别忘了童年的玩伴
那村庄的杨树下
曾经飘满了雪花
心累的时候
记得回家

无论你寒酸潦倒
还是富贵荣华

别忘了年迈的老妈老爸

正数着银丝白发

在沧桑的屋檐下　牵挂

思念的时候

记得回家

因为

保持沉寂
是因为
心藏希冀

守住孤独
是因为
渴望把阴霾走出

忍受煎熬
是因为
还没放弃寻找

依然微笑
是因为
相信明天会更好

沉默与寂寞

沉默喜欢寂寞
寂寞讨厌沉默
沉默不是没有话说
而是不想说什么
寂寞是什么都想说
只是无处诉说
沉默说沉默是金
寂寞说寂寞如雪
于是
沉默笑寂寞寂寞
寂寞笑沉默沉默

代价

我用青春代价
赢回半世浮华
摸着鬓角白发
不再相信童话

不再相信童话
摸着鬓角白发
赢回半世浮华
我用青春代价

一种赌注

也许我们都
走着自己的路
却总是在别人的
脚印上醒悟
生活　有时候
要你必须服输
就如别人犯的错
会由你来受苦
别相信承诺
那只是一种赌注

一场宿醉

玫瑰在风霜下枯萎
青春在忧悒中颓废
深深的夜难以入睡
到底是为了谁

思绪在黑暗中翻飞
美梦总被天亮碾碎
望着那空了的酒杯
又是一场宿醉

不要

不要
等花儿凋零
才想起
绿叶有着
更顽强的生命

不要
等迷失了方向
才知道
漆黑的夜晚　星星
也可以给你把航向指引

不要
等岁月消磨了光阴
才明白
人生　不过是一场
演绎着雪月浮华
重叠着黑暗光明的
独自旅行

心和羽毛球在飞

任浑身湿透
流着肆无忌惮的汗水
激情像羽毛球一样
在球场上来回纷飞
扑杀　挑搓
释放所有的疲惫
救起每一球
不让自己后悔
拼尽全力战斗
不觉得累
人生有朋友和对手
你才会觉得完美

穿越时空

如果重生
我将在另一个
星球上沉睡
再也不会
起早摸黑
在辛苦辛酸中劳累

如果醒了
就悠闲地
吃着鲜果
听着仙乐
再也不会
过问窗外烟雨
任霜打芭蕉
洛阳纸贵

只要我愿意
且来一壶酒

对蓝天白云
邀风花雪月

吟一首离歌
弹二泉映月
看三生境界
赏四月飞花
观五岳独尊
品六月石榴
望七月流火
念八月中秋
度九月重阳

不问前生
不问来世
歌伴舞
西江月下
功名利禄如朝露
举樽只想长醉去

开扇心窗　（十四行）

如果打不开心门
那就请开扇心窗
给幽暗透一丝光亮
给心灵装上翅膀

那清雅幽静月光
洒落在你的身旁
星星眨着眼睛
挂在遥远的天上

应着你忧郁心海
轻抚你眸中泪光
让微风拂你衣裳
造一座梦的工厂

花团锦簇　飘着流动的暗香
春来秋往　找寻失落的天堂

不念过往

岁月如水一样流淌
时而汹涌澎湃
时而静怡安详
有时像海包容博大
有时像溪温婉绵长
又或如雨电闪雷鸣
又或似风没了方向
岁月如此
生命亦如斯
无论甜蜜无论忧伤
无论快乐无论凄凉
一切都如水般流淌
不念过往

夜雨忧郁 （十四行）

忧郁的雨缠着暗黑的夜
拍打着难以入眠的心扉
纷乱的思绪如深秋落叶
在寒风侵扰中慢慢枯萎
日子一点一滴滑落窗前
任纠结斟满空了的酒杯
世事在不经意间翻转着
浑浊中沉淀着些许疲惫
就如同向东流逝的河水
等待晨曦出现那沫妩媚
生命匆匆穿梭在夜与昼
悲欢离合演绎对错是非

夜雨忧郁既计孤独的心找不到依偎
忧郁夜雨当然是在诠释另一种完美

一池秋水

碧波微皱的一池秋水
撩动着岸边多少人心扉
那熟透了的泛黄的枝叶
经不起秋风轻轻地吹
一片一片悠闲地纷飞
与淋湿了的心一起下坠
天空飘着朵朵白云
落日在西山散着余晖
孤单的身影
诠释着另类的完美
忧郁的眸光
就如身边的这池秋水

十字路口

每天总是要经过

那么多的十字路口

无论你什么心情都会

在红灯面前等候

匆匆的车流人流

汇聚成某种节奏

向前向后　向左向右

人生就是这样

不停地走

虽然会有短暂的停留

不动的只是路边

那鳞次栉比的高楼

每天总是要经过

那么多的十字路口

拥挤的人群

焦躁的等候

风雨中我好怕你

把我弄丢

如果你不想我走神

就请牵好我的手

牵着我的希望

牵着你的温柔

无论往哪方向

这一生注定要跟你走

我就像风

我就像风
轻轻地从远方飞来
划过你的天空
掠过你的心海
也许就只在你的心中
瞬间划过
轻轻地轻轻地
还没来得及
留下思念的痕迹

我就像风
也许从你的身旁
轻轻地轻轻地
飞向远方
只留下一片温馨
带走你全部忧伤

远 方 有 多 远

第二辑
02

我的小村庄

我的小村庄

小时候　听奶奶讲
我们的村子叫铁匠庄
家家户户生炉打铁
祖父辈的男人们
甩着黝黑的臂膀
敞着粗犷的胸膛
锻造着铁镐犁铧
锅铲铜勺　钢刀猎枪

我们的家　土坯草檐
低矮的院墙上
摇曳着青青的草香
透亮的木门呀
围满了温情笑语
辛苦着忙碌的爹娘

那时候　炊烟袅袅
像轻柔的蔓莎

装点着蓝天　白云

装点着晨露霞光

装点着草垛　野花

装点着槐桑胡杨

满庄子鸡鹅鸭

自由的追逐啄食

小鸟儿争鸣

拍着翅膀

树林间的老人孩子

打着嘞嘞　游牧牛羊

穷点不怕

吃不饱　穿不暖

那青菜稀饭呀

是天底下最美的佳酿

小手儿冻的冰凉

却个个体健强壮

麦草绒花可以当被

秸秆芦苇可以作床

搂着小狗小猫嬉戏

围着灶膛

听姥姥讲大灰狼

煤油灯能把整个夜晚点亮

不知道外面的世界有多大

不知道眼中的天空有多长

不知道家里缺衣少粮

不知道父母额头隐藏着忧伤

只知道离家 50 里的地方

有个大县城叫泗阳

把名字埋在心底

发芽生长

把希望隐在脑海

密封收藏

那是心中最美的城市啊

那是人间最靓的天堂

如今　所有的一切

早已不再是梦想

住的是高楼　穿的是洋装

吃得起海味　品得起茶香

可总有抹挥之不去的惆怅

萦绕着心间　堵塞着愁肠

你在哪里呢你在哪里

我那生我养我的小村庄

我那清水荡漾的小村庄

我那充满温情的小村庄
我那两小无猜的小村庄
我那青梅竹马的小村庄

老家

老家的村庄
早显破旧
像一串斑驳的拖船
在经年的河流中喘息

屋后的老槐树早已倒下
偶尔冒着炊烟的烟囱
成了埋在心底的航标

三十年　母亲守着孤独
不愿住进城里
土地如她的身躯似乎
被岁月掏空了养分

稻谷不再饱满
门前的小河枯萎了多次
失去灵气的青草
等不到牛羊觅食

增多的白发压的母亲

挺不起腰杆

父亲走了太久　愈走愈远

高高的杨树林延伸着

儿女的坚守

六月

六月的阳光已经火热
汗水伴着果实
麦子功成名就
与老农的笑脸
一起收进谷仓

石榴迎着朝霞张狂
茉莉和紫薇
夕阳下粉面含春
栀子花开　六月雪洁
荷花亭亭玉立　含苞待放

街道滚动着车流
艳丽与灰尘刺激着空气
暴风雨在云彩间蓄积
夜晚包裹着长发
辛苦的学子穿梭在霓虹灯下

我的乡愁

小时候
不知道乡愁
在亲人的怀抱里
从家门口背到村东头

长大后
还是不知道乡愁
从长满青苗的田头
走到了天的那头

后来啊
依然不知道乡愁
父亲进了坟丘
母亲白发满头

而现在
恍惚明白了乡愁

面对强大祖国

两岸团圆相聚有盼头

注：以此纪念余光中先生。

大运河呀

大运河呀

我沧桑的家

你汇聚了多少

辛酸汗水

收集了多少

苦难泪花

曾经的荒凉流沙

风干了妈妈的脸颊

曾经的灰土泥巴

困厄着举步维艰的家

大运河呀

我幸福的家

你流淌着馨香细流

诠释着美丽图画

星光点点

装饰着两岸

温馨的梦

水波悠悠

诉说着泗阳

翻天的变化

大运河呀

我亲爱的家

我们要继续

扬起风帆　迎着旗帜

喝着你的水　搏击

做着你的梦　出发

我的泗阳

时常

借着朦胧的月光

漫步在运河岸旁

让凉爽的风

把白天的忙碌和浮躁驱散

揽一缕沉寂已久的思绪

随着河水波动

静静流淌

对岸

妈祖雕像

在夜幕映衬下

闪着熠熠灵光

记录着历史　未来

给黑夜里航行的船

佑护着平安和希望

远方

泗阳大桥

像架在深邃里的彩虹

印证着幸福和安康

疾驰而过的车流

如流星划过的光

无数颗星星

眨着神秘的眼睛

运河横在中央

伫立岸边

试着张开臂膀

你会感觉自己像

一只展翅的雄鹰

随时准备　迎着朝阳

自由飞翔

苍天在上

站在窗口
总能望到远方
白色的妈祖神像
凝重的教堂上的十字架
在运河两岸遥相呼应
日复一日　经年累月
以不变的姿势矗立着

运河水川流不息
芦苇摇曳着历史　枯荣更替
芸芸众生　如春秋往复
流动的生命
似飘零的落叶
在风雨中消逝　轮回

妈祖永远接纳着顶礼膜拜
十字架下的信徒会一直
仰望　匍匐　祈祷
苍天在上

幽径

夜光下
迎春花娇媚地绽放
欲语还休
各自凝视

月朦胧
踏着馨香的幽径
寻觅过往
聆听那时

四月里的乡村

四月里的乡村

无论你走在哪儿

总会见到

青青的各式各样的

蔬菜

绿绿的麦苗

黄黄的油菜花

庄前屋后

各种颜色的

有名没名的花

清香四溢

要是再加上蓝蓝的天空

白白的云彩

还有那柔柔的

暖暖的轻抚你的春风

穿梭其间

这梦幻般的仙境

让你还有什么

不能释怀

还有什么不能

置之度外

下雪了

想起小时候下雪了

满村子银装素裹

一片白色的世界

看不到草堆　树丛

看不到玉米芦苇秆

甚至不见了茅坑

满满的眼里都是白呀

和小朋友们，还有小狗小鸡

小鸭小猫满庄子奔跑嬉闹

通红的小手握着洁白的雪球

单薄的衣服内流着温暖的汗珠

烟囱里冒出的缕缕炊烟

在挂着雪花的枝丫间

覆着雪被的茅屋上

茫茫的天空里飘呀飘呀

奶奶的呼唤像天底下最美的音乐

在白皑皑的世界回荡

一切仿佛是在童话里

可是　现在
身居城市
雪花在高楼大厦间飘落
满眼的灰色
冰凉的墙面
羽绒服裹着的匆匆的人流
开着暖气的车流
似乎还是在哆嗦着
一切都好冷　好冷

波斯菊

独秀于荒野苍茫

素净　洁白

任雾霾风雨侵蚀

任黑夜枯草相伴

笑煞山野

自生自赏

傲然绽放

十一月

十一月的海棠

依然绽放

紫菊花不惧寒霜

雾霾

从北方蔓延到南方

洁白的雪花儿

飘荡在草原上

太湖水浩渺烟波

愚人码头霞光千丈

武夷山奇峰异岭

九曲溪连环漂流

凤尾竹上弥漫着茶香

普陀寺佛音缭绕

禅意深深　玄机无量

南海观音大慈大悲

普渡众生　天海苍苍

十一月的祖国
载人神舟飞船对接太苍

十一月的风吹不散心中寒意
十一月的雨淋不湿梦里水乡
十一月的念念不尽悠悠惆怅
十一月的思思不完缕缕离殇

春分

站在夜的窗口
瞭望暗黑尽头
正是春分时刻
蛙鸣阵阵
交响演奏
好像在庆贺重生
歌唱自由

梅香扑鼻
桃李争芳
樱花娇柔
海棠竞相绽放
杏花村人面含羞
梨花带雨素衣装
纵然清风
怎堪辜负这等时光

远方

最难忘　小时候
跟奶奶一起坐轮船
顺着大运河去镇江
航行一天一夜
到达姑姑家
还有记忆里随父亲远行
对一切都充满好奇
似乎什么都胜过家乡

如今早已长大
依然执着地向往
那里的山水花草
碧海蓝天　稻田麦浪
都充满魅力和诱惑
好像所有的期待　梦想
都在遥远的神奇的远方

无数次　黑黑的夜里

总会幻想长出翅膀

抛下所有的忧伤

只带上梦和诗行

飞翔　迎着风浪

我也好想知道

你有没有一样的幻想

我是不是你的远方

父亲

父亲
此时的风
是不是您的叮咛
此时的雨
是不是您的嘱咐

三十年风雨相隔
五十载父爱如山
不尽的思念
如海悠远　如天绵延
时时刻刻　月月年年

父亲
要我怎么样
才能请出脑海里
您的影像
我又如何能
复制记忆中

您的慈爱和慈祥

此时的风
是不是您的叮咛
此时的雨
是不是您的嘱咐
父亲……

元宵夜　独守一份思念

今夜　独守一份思念
乡村的夜晚安静祥和
清凉的满月朦胧而娇羞
城市的喧嚣
放射着璀璨的烟花
灯笼充满暧昧
霓虹灯醉眼迷离

也许
乡村是都市抛弃的情人
清高深沉质朴淡雅
把最深的情感隐藏泥土里
一草一木都散发出本真
我躲在角落里
一片黑暗
偷窥着远方
那里有我的情人

孤独的村庄

这个冬天依然很冷

满目冰凉

虽然也有阳光

只是

漫山遍野的雪花

把所有的生机隐藏

那丛枯干的芦苇

在寒风中瑟瑟摇晃

那只跑丢的羔羊

在沟岸边无助彷徨

那株落完叶子的老榆树

佝偻着躯干

演绎着生命的绝唱

远方的暗夜

送行最后一抹夕阳

正慢慢笼罩侵蚀着

这个没有灯光的村庄

错觉

我们这没有山
所以我不知道
山的威严和肃穆
挺拔和壮观
也没有海
所以体会不了
海的精深和博大
波澜和悠远

所以有时候
我会把我们这成片成排
的意杨树　想象成山
把蜿蜒曲折的运河水
虚拟成海
我要爱我的家乡啊
我时常沉思于意杨树下
或者徘徊在运河岸边

我喜欢这种错觉

我甚至觉得

我的身躯就是一座山

我的心田就是一片海

从明天起

从明天起，骑着单车上下班
人总要给一成不变的生活制造点新意
十五公里是个不远不近的距离
一路可以饱览风景呼吸新鲜空气

比如首先路过城市森林公园
绿荫中，你总会看到一年四季里
那不想苍老的大妈们穿的大红大紫
持着纸扇或绸缎快活的比画着身姿

森林湖宛若一双纯真的眼睛
充满着稚嫩和求知的灵性
飞越运河大闸时，仿佛穿越千年历史
浑浊的运河水自西向东一直奔流不息

如果你侧耳倾听，似乎能听到久远的传说和世代
更替的两岸故事
恍惚中好像还能看到多少佳人才子

伫立船头，飘越唐宋穿过明清
矜持孤傲的手摇羽扇把酒问盏
或仰天长啸对月弹琴吟词诵诗

你稍微留意，北岸交错的楼宇中
有一幢庄重的教堂，顶端的十字架
会让你心生虔诚，记住感恩祈祷警示
对岸相望的妈祖佛像总是熠熠生辉
稳稳肃穆地矗立苍穹，不知疲惫地
佑护着水中和岸上的众生，让你滋生仰慕敬畏，
给蒙垢的性灵以洗涤

再往前走便是迎宾大道，两边高低起伏，树木葱
茏，花团锦簇
几座庄园采摘园百合园错落其中
用弥漫的花果的馨香迎接和欢送着
往来泗阳上下高速的人们
依依不舍期盼远方的客人和游子
诠释古泗水汉文化的渊源旖旎

从明天起，骑着单车
与秋意缠绵与秋风嬉戏

一张旧照片

一张旧照片

把我沉睡封闭

多年的心灵唤醒

父亲呀父亲

您　推着自行车

车上坐着最小的弟弟和妹妹

您灿烂幸福地笑着

虽然身后是冬天的风景

斑驳褪色的黑白像

诠释着天下最美的温馨

父亲呀父亲

您离开了我们　已经

过去了长长的 27 年

您是一直在睡眠

还是一直在跋涉远行

我想您呀父亲

我现在的脑海里

全是你慈祥可亲的背影

我的骨髓和血脉里

仿佛流动的都是您的笑貌声音

您像山一样

占据着我整个身心

我此刻走不出来呀

我最最亲爱的父亲

我的眼已被泪水充盈

我渴望登上世界上

最美最广最高的峰顶

我想仰天长啸

冲破苍穹超越苍鹰

我想看看您走到哪里了

我要扒开胸膛撕开血脉

蜷缩在您的怀里

感受您的温暖

倾听您的声音

我想您呀　父亲

求您让我靠近让我欢心

让我在您的呵护下

享受人伦最真最纯的亲情

我宁愿用我超重的生命

顶替您的生命之轻

我渴望去蒙古旅行

我渴望去蒙古旅行

去感受草原的广袤

辽阔　悠远　和深青

去体会骏马的奔腾

羊群的蠕动和恬静

还有白杉林的庄严肃穆

我要围着篝火起舞

伴随马头琴弹起的乐音

沸腾我的热血

燃烧我的激情

还要牵着来自四面八方的

诗人们的手

一同举起青稞酒　痛饮

我想给每个人一个拥抱

好让他感受疯狂搏动的心

更想朗诵我的诗篇

为我们的相聚

为我们的诗
我们的生命
为我们的时代和未来
歌吟
我还好想捧着一枚奖杯
回来见我的乡亲

我期待着八月
桂花飘香的季节
带着我的纸和笔
去草原旅行

那片土地那条河那座村庄

还是那片土地
那条河那座村庄
只是
炊烟少了
你很难看到
那缕缕的牵挂
环绕着院子
穿透几十年的老树
慢慢升起
也几乎看不到
成群结队的玩伴
满庄子追逐
欢乐嬉戏

有的只是上了锁的门
和长满杂草的巷子
偶见的老者
露着迷茫的眼光

坐在门口
沉默
背靠着墙
望着远方

还是那片土地
那条河那座村庄
只是
没有了草房
没有了煤油灯
点起的光亮
没有了
那魂梦牵依的
儿时的鱼塘
和那抱我在怀里
满脸慈祥
给我温暖和温饱的
爹娘

三月里乡村的夜晚

这是三月里的一个晚上

夜幕深深

踱步夜色里

独自一个人

远离城里污浊的气息

也看不到苍白或昏黄鬼魅的路灯

这里只有黑暗

这里是幽静的乡村

连绵的深黑

那是熟睡的麦田

似乎正在享受着春梦

不愿被惊醒

虽然深邃里闪动着

迷茫的暧昧的星辰

虽然空气中弥漫着清新的味道

但是　这三月里的夜的风

依然有点冷

一行行一撮撮一片片挺直的树干

仿佛远古的战神

正在孤独的坚守着岗位

与黑的夜冷的风抗争

徘徊在这样的夜晚

我宁愿孤独

宁愿沉沦

就要回家

雨悠悠地下

嘀嗒　嘀嗒

冰天雪地也挡不住

回家的步伐

加班的工资再高

不如给我放假

一年四季

我就盼着春节时回家

家里有儿时的童话

家里有温馨的牵挂

家里有青砖绿瓦

家里有红薯锅巴

家里有步履蹒跚的老爸老妈

家里有寒窗苦读的男娃女娃

家里有青山绿水白菜萝卜南瓜

家里有辛勤劳作夜思梦萦的她

回家　回家　我要回家

我不要名利虚话
我只想假装潇洒　活在当下
暂时告别这都市里喧闹冷漠和浮华
回家　回家　就要回家

妈妈　生日快乐

这是冬日里

最温暖的一天

不觉得冷

阳光照着大地

麦苗在抵抗着寒风

顽强的生长

温暖弥漫着老家的院子

满屋子的馨香

抱皁　烧锅　埋菜　切肉

话着家常　笑声飘荡

妈妈呀　生日快乐

您独自一人

守护着乡下的老家

忍受着孤独　寂寞

和心中的无尽的牵挂

今天

为生活忙碌的儿女们

齐聚您的膝下
这甚至谈不上对您一丁点儿
针尖大小的报答
可您的面容还是乐开了花
喜悦灿烂着如雪的白发

妈妈　生日快乐
生日快乐　妈妈

走了太久

父亲　您走了太久
想起您　已不再泪流

那一年的那一冬
那个冰冷漆黑的夜晚
您静静地默默地睡着
无论我们怎么呼喊
您都那么绝情
再也没有睁开眼

我开始怨您
在我们
未成年的时候
就忍心松开我们的手
独自去远游
任我们怎么哀求
您就是不回头

父亲　您走了太久
想起您　已经忘记了泪流

您是不是一直在走
那天堂的路有没有尽头
您知道吗　如今
儿女们买得起好烟好酒
再也不会为温饱发愁
可是　捧着您爱抽的烟
爱喝的酒
只能拜祭在您的坟丘

歇歇吧　父亲
您真的走了太久

总会等候

人生也许会经历

好多种等候

最难忘年幼时

我们在外玩耍

奶奶总会站在家门口

焦急地等候

仿佛害怕我们会跑丢

直到有一天突然发现

等候已经染白了她的头

如今似乎

明白了奶奶的等候

我们平安归来

就是她生命的所有

难怪当我们出现在她面前时

她总是那样的慈祥和温柔

也许生命中有一种幸福

就是执着的坚守

无论多久

总会等候

宁愿清醒

乡村的夜晚
好深好静
万籁俱寂
只有天上星星
在眨着
幽幽的眼睛

轻轻
轻轻的我在聆听
聆听心跳的声音
再也不想天明
宁愿清醒

饺子

饺子
一直
是我孩童时
最美丽的希冀
记忆中能吃上它
好像只是年初一

奶奶说
饺子也叫"弯弯顺"
像月牙儿弯弯
因为有月光映照
不会感到天太黑
出门吃饺子会很顺利
所以家中有人远行时
或者遇到升学考试
奶奶就会端上热气腾腾的饺子
要我们一个不剩的吃完
还告诉也会叫"元宝"

吃了它自然会发财得利

后来渐渐长大
只要上街赶集
小吃部里
总想吃上香喷喷的饺子

再后来懂事了
出差办事
独自一个人的时候
还是喜欢去吃饺子
几乎吃遍了小县城的
所有饺子馆里的饺子

如今山珍海味美酒佳肴
已经不算稀奇
心中最吃不腻的
还是饺子
曾经创下过连着四顿
都是吃饺子的记录

现在会想
月光下
两个人对坐
一壶清酒两碗饺子

一个饺子就是一个故事
这是最深最真的情谊
还有什么风景能超越
这种美丽
来吧　朋友
我想请你吃饺子

九九归一

麦子进了谷仓
田野又添新绿
嫩芽　土里酝酿
禾苗　竞相生长
桃子也熟了
清脆而爽口
咽进肚里
肺腑都散出清香

晨风中
老农倦怠的脸上
洋溢着艰辛和喜悦
面对如火的阳光
依然弓着瘦弱的脊梁
任汗水裹着沙尘
在坚毅的眉宇间
沧桑的胡须上
流淌

也许

他的子女们

此刻正坐在沙发上

享受着空调

吃着水果

随电视中音乐

吟唱

或者衣着时尚

正在城市的公园里

树荫下

纳凉

徜徉

唱

我们的生活充满阳光

风尘者终将归于风尘

就如水来往于海洋

再燃炊烟

记得从前

记忆中

村庄里

总会见到袅袅炊烟

从茅屋里冉冉升起

萦绕着树林

悠悠飘散

连接着郁郁苍苍

那是亲人间的呼唤

那是归家的信号

那里一定有热乎乎

香喷喷的饭菜在等着

饥饿的人回来

那是爱　期盼

希望和欢乐

而今　偶尔的回乡

也很难再见炊烟了

电饭煲　燃气灶　微波炉
取代了砖土砌的草锅
现代的科技失却了
难以释怀的一份温馨
和深藏心底的乡愁
那劈柴　树枝　枯草烧的饭
是多么的本真和馨香
那亲人烧火我炒菜的感觉
又是多么让人回味和留恋
炊烟缭绕在天地间
汲取着自然的灵气
你会在生命里享受着
如雪花般纯净的轻松
和快乐　远离市侩
远离铜臭

亲　快来
你抱草烧锅
再燃炊烟
我炒菜做饭
梦回从前

回到过去

我真记不清
小时候过没过过六一
好像每天都是假期
只知道那时候真的
很快乐　很简单
除了上学之外
就是尽情玩耍
捉迷藏　玩泥巴

春天　野花灿烂
我们在芳香里追逐戏耍
夏日　烈日炎炎
凡有水的沟河渠塘里
都会有鱼虾
小伙伴一丝不挂
拿着脸盆　提篮　菜篓
在里面竞相争抓
然后变成全家美味

乐坏了满脸胡茬
斟上一壶老酒的爸爸

秋天　收获的季节
任务是捡枯枝
扫树叶　玩滚圈　砸铁瓦
冬天　雪花儿飘飘
在洁白的世界里
虽然衣衫单薄
但是我们　不惧寒冷
可以满头大汗　暖意融融
雪堆里蹿上蹿下

如今　无论城里乡下
再也难觅这样的玩耍
太多孩子　是在
长辈怀抱里
老师管教下
麻木机械的长大
曾经的我们
也已满鬓白发
姐姐妹妹弟弟
早已各自成家
有了自己的娃
好渴望　世事

不要像人一样
总是要由简单变得复杂

如果可能
能不能让我
回到过去
不再长大

一起回家

记得小时候的日子里
心中只有一个家
又矮又小的泥墙草檐
看不到一片砖瓦
没有冰箱彩电空调
也没有电灯电话
无论在外怎么玩耍
总会记着回家
家里有爷爷奶奶
和亲爱的爸爸妈妈
还有兄弟姐妹在一起
吵吵闹闹　叽叽喳喳
那山芋稀饭面糊糊
山珍海味也比不上它

如今个个都已长大
每个人都有了几个家
大家　小家　城里　乡下

有的远在天涯

可心中总觉得缺点什么

这亮丽的高楼大厦

也不再是心中最美的图画

好向往那泥土的芬芳

和绿油油的麦田边

那金灿灿的油菜花

有多少岁月还能让我们

手牵着手唱着往昔的歌谣

带着生命的牵挂

一起回家

老家夜晚

老家的夜晚好幽静
静的能让你听到
心跳的声音
没有嘈杂　没有喧闹
没有车来车往
没有霓虹灯闪烁
真的能沉静你的心
享受入心入肺的安宁

所有的一切都能睡着
天地都好像在与你同眠
这沁入心脾的静谧
让你不愿意梦醒
老家的夜晚真的好安静

乡下老家

每天我迈着匆匆的步伐

在电梯上上上下下

那亮丽挺拔的高楼大厦

咋能比得上我的乡下老家

钢筋水泥孤独的框架

又怎能称得上四合院里那青砖红瓦

这里住着我亲爱的妈妈

她已经满脸皱纹满头银丝白发

那是岁月刻下的沧桑的印痕

那是我心中永远最美的图画

每天我迈着凌乱的步伐

在人生的路上努力挣扎

即使奔波到海角天涯

也时刻想着我那乡下老家

想着院落里悠闲啄食的鸡鸭

想着菜地里那盛开的桃花

想着妈妈做的锅转子韭菜夹

想着香喷喷的玉米稀饭炒豆芽
和鲜美无比的酸菜粉丝面疙瘩
还有那些儿时的玩伴
如今早已满腮胡茬
也更没忘记那个两小无猜
白脸大眼睛嫁在邻村的她

我就这样迈着不变的步伐
在妈妈的呵护下快乐长大
也许我会走遍名山大川
也许我会走遍海角天涯
总之无论走到何时走到哪
都不会忘却想念我的乡下老家
和老家里盼着儿归的妈妈
那是我心底永恒的牵挂
更是我穿梭在冷漠的高楼大厦
中萦绕心间的刻骨铭心的
人世间最最美丽的童话

母爱无价

如果你要问我这世上谁最伟大
我会毫不犹豫地告诉你是妈妈

妈妈呀妈妈
您只管奉献不图报答
您任劳任怨淡饭粗茶
您舍不得家中二亩地
时不时还要种田扛叉
您不惧孤单很少说话
难舍故土守望着老家
儿女们在外您还要
问寒问暖昼夜牵挂
唯一的希望就是
逢年过节我们能回家
您也闲不住手
锅上锅下杀鸡宰鸭

妈妈呀妈妈

您那满头的银丝白发
就像一朵盛开的鲜花
散发着最温馨的芳香
照耀呵护着儿女们长大
在您无微不至的关怀下
我们个个健康成长立业成家

妈妈呀妈妈
这世上没有什么比您更伟大
您的爱比海深比天高无边无价

追忆父亲

无论时光怎么轮转
我都会怀念从前怀念父亲

忘不了您那刚毅的眼睛
总会给我力量让我前行
更忘不了您宽厚坚强的背影
给了儿女多少安宁和温馨
那时候的家里虽然清贫
可我们七个孩子从没受饿
都是因为有您有您有您
您起早贪黑奔波劳碌
您摸爬滚打不惧艰辛

忽然有一天暴风雨降临
在苦痛中病魔夺去了您
正值壮年的生命
您何忍抛下您的对对儿女
和我们的妈妈，还有您

上面已经白发苍苍的双亲

老天为什么如此狠心

瞬间就让一个温暖快乐的家庭

陷入悲伤的困境

忘不了您离世时那忧郁担心

无奈和渴望重生的眼睛

我只要想起就难以自已

无时无刻不在震撼我的心灵

光阴似箭岁月荏苒，如今

儿女都已各自立业成父成母

可以告慰您的在天之灵

我的最最亲爱的父亲

我只有年年盼着清明

手捧鲜花和一壶清酒

跪在您的墓前含着眼泪敬您

请九泉之下的您一定放心

我们儿女在背着您的希望前行

前——行——

无论千年万年亿年兆年

您都要答应再做我们的父亲

……

注：谨以此诗献给已经离开我们 25 年的父亲。

远　方　有　多　远

第三辑

03

海的心

海的心

夜的静
任念想穿越黑暗
在深邃中飞行
灵魂涅槃于无垠
自由的等待入侵
敞开胸怀
释放所有的梦境

听
海浪在浅吟
你结了冰的唇
飘荡在南极
剔透晶莹
那划过的流星
如你拨动的弦
整个天空
回响着和音
海在颤抖

似乎想把热情

在天亮之前耗尽

不要梦醒

海的灵

海的心

秋雨

秋雨　嘀嗒嘀嗒
拍打着檐窗　树叶
拍打着土地和夜
一颗宁静的心
仿佛被雨丝滴落的湖
泛起波波涟漪
思绪如莲花绽开
在雨蔓中一瓣一瓣
飘落　荡漾
在柔波里缱绻　缠绵

生命就这么静静地
无法折返地流淌
往事如秋夜的雨
撩拨着微醉的心房
嘀嗒嘀嗒　拍打着
过去　眼前　远方

生命的秋

我梦见自己
站在秋的窗台
醉眼迷离
遥望朦胧的世界
金色的阳光
照耀金色的土地
灰黄的落叶
飘荡在金黄的尘埃

一条河流咕咕流淌
蜿蜒曲折绵延如筋脉
数不清的船舶
在浑浊的急流中
扬帆起航冲击摇摆
山峦叠嶂　炊烟袅袅
风云变幻　霞光溢彩

我梦见自己

站在秋的窗台
远眺春的烂漫
夏的热烈
怀揣着果实
安静地等待
等待冬的到来

十月

稻穗挨着稻穗
秋风吹拂下低着头
轻轻地摇摆
似乎在为充实和饱满害羞

荷叶精心呵护着莲蓬
像母亲疼爱腹中的婴儿
那浓郁深情的绿呀
秋波暗涌　万千宠爱

十月的土地吮吸着阳光
十月的阳光收获着稻香
十月的你仍在远方
十月的我还在妄想

海的畅想

不把自己置身于大海
你就不知道人的渺小
不把自己置身
孤岛上的悬崖峭壁
你就不知道心的博大

迎着海风
听海浪拍击岸堤的声音
你会忍不住冥想
这是生命的浅唱
是海的倾诉　岸的召唤
是一种生命间的亲吻交融
一种极致释放的快乐呻吟

抑或是海的挣扎
岸的呐喊
漫堤吧
给海更宽更广

顺便洗刷一下陆地的污渍
把肮脏消融分解成化石
沉没于海底
让青的更青　蓝的更蓝

还人性的光辉
在天地间绽放吧
让每个人都有机会享受
面朝大海　春暖花开

苍鹰

满窗户都是
阳光和湛蓝的天
对面墙上
中国地图里的
一块颜色
仿佛在向我召唤

海子诗集
似乎在桌子上跳跃
闪耀出大海　石头　麦田
还有德令哈的夜晚的星光
草原上的云朵
所有的无名的野花

半杯茶
已没有热气
我闭着眼睛
努力想把自己
变成一只苍鹰

呼唤

秋风已吹

绿叶依然不想枯萎

固执的坚守阵地

沃野葱茏苍翠

路边小野花

竞相绽放

五颜六色的紫薇

展示着娇美

还有歌声嘹亮的蝉

不知疲倦的

呼唤着谁

运河怀想

在运河边，你可以寻一块石头
或者就坐在泥土上面
听风和流水的声音
听拖船的轰鸣，飞鸟掠过的惊叫
甚至试着听听你的心跳
如果用心，你还可以听到
几百几千年前宫女拨弄的琴弦
幽怨的歌吟，手摇纸扇的
文人墨客的豪言，把酒问盏的畅饮
还有武士的刀光剑影和沾着血腥的
战马的嘶鸣，抑或还有修女的低诉
和袈裟竹简木鱼的诵经
然后你再睁开眼睛，看
浑浊的河水，漂流蠕动的
沧桑黝黑的桅杆，摇曳的芦苇
还有蓝蓝的天空，悠闲的白云
像山一样的杨树林，幸运的话
还能见到牧羊人和洁白的羔羊

在蔓草和野花间徜徉
顺着蜿蜒的河水远眺
你会看到更久远的苍茫和绵延
看到过去和未来中生命的起伏
你还能听到
流水在嘲笑石头的坚硬
石头在反讽流水的无情

雪在纷飞

一地的洁白

装点着瞳孔

满目的无瑕

荡涤着尘埃

你终于飘下来了

带着多少期盼

恐惧　渴望　纠结

还有寒冷冰凉和梦幻

请疯狂地纷飞吧

捎着我的憧憬和思念

去远方

月光码头

几天的苏州之行

除了室内教学听课

祈盼着室外体验

看看真正的城镇一体化

和梦想中的新型农村

也适巧赶上雨雾朦胧

短暂的金鸡湖之旅

老师讲解了美丽的传说

心中难免有种期待和向往

那个丝绸姑娘的幽怨

是不是已经化作彩带

在如丝如绸的细雨间飞扬

漫步在月光码头

仿佛穿梭在古今中外交错

而又融合的恰到好处的地方

你完全可以用不同心境

移步迥异的场所

去搭配你的情绪

可以忧郁可以恬静

可以沉思可以遐想

可以抖落一身疲倦举杯

可以静坐一隅

慢慢品一缕茶香

择不同时辰换不同念想

我想象着夜晚月光

照耀在朦胧湖面上

和岸上霓虹交错辉映

一叶轻舟轻轻荡漾

泛起的涟漪揉碎了

月光　波光　和灯光

也揉碎了我虚幻的梦的翅膀

这里不是我故乡啊

也不是我的天堂

听雨

夜深人静　窗外秋雨

在轻柔的呢喃

想象着它的颜色

仔细聆听

仿佛觉得飘越了五千年

经历澄澈浑浊的轮回

承载光明和黑暗的反复

带着唐诗宋词的余韵

还有十字架的凝重

和经殿的木鱼声　一路飘摇

有时色彩斑斓　晶莹剔透

有时圆润珠玑　光亮透明

裹挟着南山南的清泪

弥漫着东山东的余晖

伴随熟透了的黄叶

轻拍夜幕

浸湿着梦中人的心扉

清白

天海蓝蓝
沃野苍苍
人世间万千色彩
清者自清
白者自白

秋的夜

秋的夜
迷雾笼罩月色
清风轻抚稻香
摘下面具
打开灵魂的窗
撕裂肉体禁锢
释放原始念想
带着无声呐喊
和被划损的翅膀
在黑色帷幕中穿越
给斑驳的心　疗伤

尽管　身后散落
一地凋零的花瓣
和带着泪痕的诗行
尽管　有一盏灯
在远方　忽闪忽亮

青花瓷

青之生机

花之艳丽

瓷之于坚

青花瓷　五千年文明史

华夏民族的曲赋词诗

香烟

瞬间经历三重境界
飘上空中的烟
落入泥土的灰
吸进体内的毒
所谓天堂　地狱　人间

我的十四行

这雨后的夜晚空气好清新
漫步在森林湖边享受清爽
白天的燥热好似一扫而光
虽然乌云遮住了我的月亮

点支烟理一下纷乱的思绪
任时间在湖面上涟漪荡漾
霓虹灯闪烁周围星光点点
念想随风吹向深邃的远方

生命就这么悄无声息逝去
回首岁月感觉又多么匆忙
希望一天天破灭又总燃起
脚步不停却在坚定中彷徨

时光给了我无穷无尽的感想
黑夜赐了我如梦如幻的诗行

念想

夜晚　雨后

空气清新凉爽

点燃一支烟

打开思绪

踯躅于森林公园

霓虹闪烁湖面

七彩斑斓

如一面彩色的镜子

倒映着楼宇　拱桥

垂柳　还有晚钓

和散步的人儿

如果竖起耳朵聆听

似乎还有鱼儿在水中打串

湖面轻轻泛起涟漪

这时的思想

忍不住就像装上了翅膀

逼着你去飞翔

此时的你

是否也和我一样

在夜晚

徜徉

念想

城

用半生
砌好一座城
再用半生
装饰维护
然后累了
一梦睡到来生

拐角

那不是南墙
也许别有洞天
后面的风景
更美
路
更宽更广

来一场风调雨顺吧

来一场风调雨顺吧

你看那青青的麦浪

已经变得金黄而沉重

忙碌的农民脸上挂满了

疲惫和汗水

燥热让他们不敢有丝毫懈怠

害怕半年辛苦

被老天生气时糟蹋

要知道

最最得罪不起的是老天

最最伤害不起的是农民

吮吸

明知道月光
照到我的床
困倦却让我睁不开眼
又找不到梦的入口
只好拼命吮吸黑暗

悼念汪国真

昨天，花果山上

还看到你的书法

镌刻在石头上

今天，就惊闻你逝去的噩耗

不敢相信

我的办公桌上

正摆放着

心灵深处的对话

那是你的诗集

忍不住

一页一页地翻看

小心翼翼

害怕惊扰你

沉思的气息

逝者如斯

斯者已逝

夜里的暴风雨

是否在为你冲刷

天堂路上的污泥

那一声声春雷

是不是

在唤醒你睡着了的心迹

翻滚的乌云

卷落着花瓣为你送行

如注的雨丝

仿佛泪滴

化作一行行诗

托付所有的哀思

呜呼哀哉

斯人已逝

逝者安息

三月里的天

不该冷的天
冷的满天湛蓝
不该冷的心
冷的期盼灿烂

是不是
想开了一切
就会释然
是不是
没有你的消息
才觉得孤单

这三月里的天
说变就变
这三月里的人
依旧从前

春的梦

伫立窗前
凝望
灰色的云遮住了天的蓝
灰色的树林
灰色的村庄
灰色的世界里
还有灰色的心情

渴望一场雪
飘荡尘埃
让灰色变白
让沉寂已久的绿
在冬的眠睡中醒来
把春的梦展开
还给我
一地生机
一片色彩

每一片都是她的情话

我等呀等呀

终于等到了

洁白的雪花

在黑夜里

漫天飞舞

飘飘洒洒

一片一片

痛痛快快的下

打井窗户

天与地

一帘白纱

敞开心怀

还你满眼无暇

不忍伸手去接

怕在掌心融化

呀

这清清白白的雪花

每一片都是她的情话

我恳请

早起的人们

能不能轻点去扫

慢点去踏

那是我的雪花

那是我心中

最最圣洁的图画

那是

我心底的那个她

送给我的

最最珍贵的礼物

——无价

这清清白白的雪花

每一片

每一片都是她的情话

失眠的夜

失眠的夜

可以翻阅往事

把尘封的过去追忆

那所有的经历

仿佛沉没在海底

终于被突发的火山卷起

稍纵即逝

把编织的故事

在海面上再一次

诠释演绎

无所谓真的假的

生命中

有谁没有过传奇

又有谁能逃脱繁华

过后的孤寂

失眠的夜

所有的臆想

都会在天亮来时

过期

欲说还休

你——曾经的绿叶
在凛冽的寒风中
依然执着　坚守
尽管摇摇欲坠
却似欲说还休
仿佛向路人昭示
被风干的身躯
坚持相依　不离不弃
忍受刺骨的冷
也不愿落入尘埃
沾染污垢
直到生命最后一刻
仍不忘制造一个
美丽的画面
纷飞飘落的风流

葬叶词

花艳花红让人醉
叶荣叶枯知有谁
芬芳一刻香意浓
偎依百日终不悔

冬日至　寒风吹
默默无言缤纷坠
情难尽　冰雪催
恋恋不舍爱相随

一生甘做嫁衣裳
千古未见相思泪
化作叶冢归故土
只等春光再明媚

落叶之美

是不是

冬的风吹落了

三季的守望

你依然恋恋不舍

留恋着蓝天和阳光

尽管

寒冷折断了

不屈的翅膀

虽然洒落满地

你

还是忍受着冰凉

把斑斓的色彩在

草木间流淌

温暖着美丽着

世人的目光

不觉得凄凉

也许

你的每一片
都有一个梦想
在心头酝酿
仿佛在说
能不能把你
捧起来收藏
你要化作希望
融化世上
所有的
凄美的
爱的忧伤

秋意正浓

我的天空

飘着生命的云

层层叠叠

往来　匆匆

十月的风

饱满了沉甸的稻穗

晚秋的雨

淋湿了麦苗的青葱

我想撕开黑夜的忧郁

找回一段久远的感动

却在落叶的飘零中

不知所措

忘了

秋意正浓

今夜

今夜
好希望
我是一颗星星
深邃里
闪着最亮的光芒
不怕遥远
也不怕迷茫
就默默守望
守望那扇窗
守着深秋的凉

我知道
里面有双黑黑的眼睛
和一颗插上翅膀的心房
在幻想

眼前的秋叶

不想去狂欢
也不再喜欢喧闹
就想找个地方
找个安宁幽静角落
收起纷繁杂念
只让风和阳光
在身旁环绕
清新的心醉
温暖如怀抱

此时　用心聆听
可以听到风的声音
听到流水的低吟
还能看到遥远深处的那双眼睛
那颗千回百转迷蒙奇幻的洁净的心灵
一切　正如眼前的秋叶
一片一片　纷飞　飘零

两个我

我的人生犹如一条

泾渭分明的河

一半清澈一半浑浊

清澈时干净透明

浑浊时藏污纳垢

把一个我分裂成了

真我和假我

在白昼和夜幕中穿梭

时而虚伪暴戾　粗俗龌龊

时而真实儒雅　斯文洒脱

于天使和恶魔的转换中

品尝着清高孤傲麻木冷漠

享受着忧怨迷惘不屑自虐

一次一次　不再难过

一次一次　想起你说

做人要做诗人一样的人

活着要过诗一般的生活

绿萝花

夜晚
仿佛决堤的湖水
肆意冲击无拘的梦境
思绪
如漆黑的乌云
在心湖的上空翻滚
闭着眼睛
找不到一丝光明
裹紧被子
感受一份温馨

我知道
那盆绿萝花
依然守在窗前
用心形的嫩绿
等待一抹云霞

运河秋思

垂柳是发丝

白云是发髻

蓝天是嫁衣

秋的风

吹拂着你心湖

荡起波波涟漪

撩拨着满腹情愫

在光芒照耀下

泛起悠悠旖旎

唤醒深藏的

久远的

遗失在秋水长天的

念思

所有的幽怨

汇聚成五千年凝视

在亘古的岸边

伫立

今晚 我问秋月

今晚

我问秋月

为什么这么明

她说

我想让这个夜里

不黑暗

让寒冷的人温馨

让怕黑的人安宁

让相爱的人相亲

今晚

我问秋月

为什么这么圆

她说

我要照亮这迷茫的

山峦

拉近人与人的心

让近的更近

远的不远
让所有人的心田
都充满
希望和爱恋

我又问秋月
今晚
为什么这么美
她说
我想让离家的人
端起酒杯
让思念在爱中陶醉
让贫穷和战争消退
让每一个人
享受自由和甜美
不再流泪
不再心碎
只让爱和祝福
萦绕在心扉

暴风雨

暴雨　挂满天空

乌云　交错翻滚

肆意的雨水

如泣如诉

冲洗着街道　路面

冲刷着楼房　田野

荡涤着尘埃

仿佛有无尽的屈辱

长久的苦闷

封存的泪

终于找到宣泄的机会

纵情　咆哮　怒吼

风呀　你使劲地刮

雨呀　你疯狂地下

你尽管冲走

这人间的灰渣

我不怕

我的心如大地一样

足够大

夜的美

这个美丽夜晚
总是带给我无限的美
可以
让思绪自由的飞
赏流星下坠
听风儿在夜空中吹
可以
独自放纵陶醉
为一首音乐举杯
为一个故事流泪
为一句诗词伤悲

可以
不问白天我是谁
不问工作倦累疲惫
不向任何人讨好献媚
只在这一刻
把所有的虚伪

撕碎
让真的我吐气扬眉
当然
也可以
为往日的过错
尽情懊悔

每个美丽的夜晚
我总是不想睡
宁愿让灵魂
在黑夜里
独自迷醉
独自枯萎

窗外

一个人
端起酒杯
在深夜里迷醉
任思绪随着星光
纷飞

月色如水
浩瀚中
散播着清辉
想象着心海里
那支摇曳的玫瑰
于生命长河中
依然弥漫着
幽幽的香味
几度风雨
几度沉醉
几度枯萎
几度轮回

一个人

端起酒杯

在深夜里买醉

窗外

那抹银辉

不知明媚了

谁

高脚杯

晶莹剔透

典雅尊贵

温文尔雅

柔情易碎

举起　风度翩翩

放下　洒脱优美

点点珠泪

孕育了幽幽智慧

可以让男人

气壮山河

可以让女人

风情妩媚

让丑的更丑

美的更美

我的最爱

只要看到你

我总会心生迷醉

无怨无悔

风的声音

听
用你生命的耳语
感受那风儿的声音
这明媚和煦的阳光
麦浪在柔风里
亲昵的低吟

此时
如果你面朝大海
面朝深蓝和无垠
你轻轻
轻轻捧起潮湿的心
让风吹皱裙摆
飞扬发丝
抚拂眼睛
你还有什么理由
不让你的心儿
平静　安宁

张开双臂吧

敞开心灵

风儿在诉说

你只须闭着眼睛

聆听

一字歌

一闪一现一眼千年
一分一秒一瞬即逝
一杯一盏一场宿醉
一忧一虑一声叹息

一枝一花一园虚幻
一珠一玑一袭长裙
一颦一笑一见钟情
一心一意一网情浓

一山一水一片江湖
一草一木一叶知秋
一诗一词一曲离殇
一字一句一阕闲愁

一帘一幕一卷玲珑
一梦一醒一切蹉跎
一思一想一念之间
一生一世一笑而过

我是一棵树

我是一棵树
从来不曾索取
只知道付出
无论在哪里
给我一点土
就能长高长粗
我不需要食物
也不需要照顾
只要有阳光雨露
可以活在任何角落
我不会在乎
是否有人记住
默默地生长
不必要你关注
如果你愿意
可以给你呵护
为你遮风挡雨
为你坐标指路

为你固沙护土

为你日夜坚守

看沧海桑田

观世事沉浮

享寂寞孤独

笑啸傲江湖

伴你成长老去

我是一棵树

给我风

我就为你起舞

我是一条鱼

我是一条鱼

自由自在　随心所欲

我是一条桀骜不驯

放荡不羁的鱼

从远古　从万亿年前的

宇宙黑洞中游来

你是我的一片海

我在你的怀里

纵情　驰骋　疯狂　飘移

品尝过

黑暗　光明　温暖　寒冷

经历过

孤独　寂寞　恐惧　失落

观赏过

阳光　海岸　沙滩　鲜花

我在你的怀里活着

无论发生什么

我是一条鱼

我离开你会死

你离开我

会没有生机

我只能活在你的海里

注定不能分离

我在我的田野

我在我的田野
编织着梦和诗
阳光温暖心底
那青青的麦浪
沐浴在春的风里
荡起碧波涟漪
芳草和鲜花灿烂
诉说着天地神奇
只是晚上
我不想
独自
对着那轮明月
照亮我的夜
没有你的相依

我在我的城市

我在我的城市
驾驶虚幻战机
俯冲　翻滚
在云彩间疾驰
抖着双翼
疯狂地
把生命之舞
展示
假使失去动力
坠落
我宁愿沉没在
你的心底
无声无息

雪

你在春姑娘的召唤下

在无数颗浮躁的心的期盼下

终于像天女散花般

翩翩起舞悠悠飘落

温馨着倦累　清洁着浑浊

丝丝缕缕的冰凉

滋润着忧郁感伤的心房

漫天白茫茫

如天的衣裳　地的银装

不屈的绿叶被片片雪花

覆盖簇拥　散发着雪的香

蜡梅在晶莹剔透中

摇曳　傲然绽放

田野里　饥渴的麦苗

在白茸茸的被褥中

安静地吮吸着雪妈妈的乳汁

然后温暖地酣睡着

进入甜蜜的梦乡

等待阳光

雷

你曾是正义的化身
是惩罚邪恶的力量
你让恐惧者更恐惧
你让坚强者更坚强
你划破了天的胸膛
你撕裂了云的衣裳
你让雨暴　势不可挡
你让风狂　荡气回肠
你惊醒春天唤醒花香
你赐予甘露撒播吉祥

风

与宇宙同在
从亘古走来
和时光同台
历经万载
翻滚着尘埃
在你的怀抱中
人类生生息息
更替换代
往复循环
花落花开

无论春秋
无论冬夏
无论日光
无论月下
吹弯了腰
吹落了牙
吹深了皱纹

吹白了黑发

吹干了双眼

吹瘪了脸颊

吹散了名利

吹走了浮华

吹薄了情义

吹淡了牵挂

吹灭了真

吹现了假

吹到了海角天涯

我是风儿你是沙

始终不过

一场繁华

一场虚话

夜

我喜欢夜的宁静
在炊烟飘散的冥冥中
聆听
田野里麦穗熟了的声音

我喜欢夜的深邃
让真我的性灵
飞出虚俗的肉体
与夜的魂相伴相行

我喜欢夜的无垠
醉卧于月冷风清
等候凝聚的露珠
滋润庸俗了的心

远 方 有 多 远

第四辑

04

风蚀的思念

风蚀的思念

我不知道一生
要翻越多少山
才能看清前方路
也不知道生命
究竟有多远
才能把旅途走完

明明相隔遥远
却感觉一颗
搏动的心就在身边
如果就在眼前
又哪来刻骨的挂牵
一点一点风蚀着思念

喜欢黑夜喜欢孤寂
喜欢安静地想你
只为一句诺言
等你一起实现

能不能

能不能
不思念
思念太疼
远方的远方
有一座城
有一所房子
有一个人

能不能
不寒冷
问春风
借一双翅膀
穿过黑夜
穿越虚妄
让我
回归本真

只为虚度

不喜欢寒冷
却期待纷飞的雪
飘零的落叶
卑微的渴盼春天
等待一份温暖
看鲜花吐蕊
听虫鸟争鸣

纠结着每一天时光
不在意得失
只为虚度
只为远方的远方
暗夜里的一盏灯
苍茫里的一团火

回眸

那一眼回眸
化了千年等候
融了万载烦忧
你如水的温柔
能让我
倾尽所有
尽管低头
已找不到琴弦
弹奏

一眼回眸
空有千军万马
我的城已失守

因为一个人

想念一座城
因为一个人
一场邂逅
一个美梦
一世情谊
一生缘分

一生缘分
一世情谊
一个美梦
一场邂逅
因为一个人
想念一座城

距离

以为离你很近了
却发现还是遥远
还有好多重水
好多块云　好多座山
在我们之间

原来
一首诗的距离
竟会让我走
一生一世

回归

好渴望一份安宁
把一切忧虑洗尽
让我的脑海空空
让一切变得陌生简单
所有的都是美好纯净
石头回归石头
自然融入自然

我要把你赶出我的世界
深深的激流涌动的
充满思念和爱恨的夜之海
让我的灵魂空空
让我的生命如
自由的雄鹰
翱翔在自由的空中

我有一颗狂野的心

我有一颗狂野的心

总想狂野不停

我渴望骑着骏马奔腾呀

弹着我的马头琴

和你一起歌吟

我要在草原上驰骋呀

摇响你的风铃

大漠孤烟

你擂起战鼓

我会把来犯的敌人杀尽

哪怕鲜血染红落日

变成永恒的风景

我有一颗狂野的心

总想狂野不停

我渴望离开家乡呀

离开故里

独自去远行

我要活出自己呀
随心所欲
不在乎雨水浇淋
去我想去的地方
对月举杯且歌且饮
醉里挑灯看剑
享受自己的生命

我有一颗狂野的心
总想狂野不停

八月

风火依旧　炙热不减
荷花竞相开放
粉面含春　婀娜荡漾
绿裙摇曳轻舞
诱惑着路人驻足凝望
让你忍不住念想
心中拂过一丝幽凉
怎能不期待
一个撑着油纸伞的姑娘
在池塘边流连彷徨

你说你会来
桂花儿已经溢满芳香
整夜整夜地遥望
还有窗台上
那株醉眼蒙眬的秋海棠
书桌边那盆多愁善感
独自忧伤的紫丁香

都在等你

翘首远方

连夜晚那轮月儿

也在娇羞地

伴着星星　伴着深邃

等你圆　等你亮

等你一起徜徉

魔

把你摁进黑夜

你冲出梦魇　破晓黎明

把你沉入深渊

你滋衍蔓延化雾而生

于是　凿山打洞

埋你于巨石之下

你却顺着裂缝　发芽生根

干脆把你撕裂　嚼碎　吞噬

以为会化为乌有

你竟然变为心血

沁入脊髓肺腑

搅得我寝食难安　无法排解

天啊　你已经成我今生

难以医治难以抗拒的魔

永远的情人

一袭白衣
如身披婚纱的仙女
凌空飞翔
向我疾驰而来
我专注的凝望
早已站好姿势
张开双臂
扑向你
挑　搓　推　压　抽
你呻吟着
扭动着腰肢
翩翩起舞
倩影柔姿

我汗如雨下
气喘吁吁
依然放不下你
何惧疲惫

来吧　我的挚爱

永远的情人

——羽毛球

你说你要来

这个城市时尚现代
道路宽敞　高楼明亮
绿化整洁　交通发达
身披着各种美誉
头戴着精彩光环

这里的稻田青青如海
运河水咕咕流淌
诉说着久远的汉家文化
洪泽湖清风吹拂明月
荡漾着沉寂多怨的历史

清香四溢的荷塘
舒展着摇曳多姿的天空
如万千宠爱　婀娜妩媚
娇羞的荷花　含苞待放
轻轻呢喃　欲说还休

你说你要来

这里的一切已准备好

不要错过八月

桂花儿即将盛开

那轮圆月也在等待

想象

无数次的想象

该怎样跋涉半个国土

去制造一次轻描淡写的相遇

可害怕我的样子

进不了你的眼睛

害怕你穿不透我的肉体

看不到一颗颤抖战栗

却坚强拨动的心

一直为你而跳

与其在残酷的阳光下

落荒而逃

不如用一生的虚拟

编织梦幻

我一直很爱我的祖国

我一直很爱我的祖国
就像爱我的母亲
无论她有什么错
我决不讽刺　憎恨
挖苦和厌恶
我庆幸生在这样的国度
我也渴望生命
自由　平等　公正
渴望真诚　善良的闪亮
还有人性光辉的释放

我也爱这个世界
爱白天和黑夜
爱太阳和月亮
没有她们就没有
我的祖国和母亲
没有诗和音乐
没有眼前的所有美丽

所以　我希望我的同胞
跟我一样爱这个世界
爱我们的祖国

念

把你摁进心底
你挤压着脏腑
侵蚀着神经
穿透肌肤
熔化了血液
让我不能呼吸

于是
我试着摁你进黑夜
黑夜便膨胀
深深地紧紧地
笼罩着我
陷在黑黑的夜底

我走不出来

守望

那一年的那一天
雪花儿片片飘荡
路旁的小狗汪汪
你擦干泪水
背起行囊
告别炊烟
乘着北风去了远方
身后的小河水
弯弯流淌
迷迷茫茫

我一直在家乡
编织着泥土的梦
怀揣念想
守护
麦田青青
油菜花黄黄
时常

穿过灰砖矮墙
穿越蒹葭苍苍
向你在的地方
守望

有你的地方最美

春风吹呀吹
吹出了遍地嫩绿
吹来了满眼芳菲
麦苗儿似波若浪
油菜花娇羞妩媚
姑娘们明眸抬眉
小伙子想入非非

春风吹呀吹
洪泽湖渔歌唱晚
大运河浅吟低回
黄浦江心花怒放
夕阳红柔情似水
生命无所谓是非
有你的地方最美

一滴水

读你
就像游入
知识的海洋
原来世界曾经
那样美好
简单　纯洁
满是美和爱
即使也有血腥　杀戮
甚至为美女而战

我知道了
你的名字
也明白了
我仅是
匆匆人间的
一滴水
瞬间就会
化作
虚无

胡思乱想

远古的神
造出天和地相恋
生出日月星辰
山川湖海
还有白昼与黑夜
又衍生出万事万物
演绎着爱恨情仇
诠释着善恶美丑
生生世世
往复轮回

我和你
不过是一粒沙子
和一滴水的相遇
在风雨中
轻轻地轻轻地
滑落
……

放下

有人说
四月的天最美
四月的人间
斑斓色彩
石头说话
土地醒来
风和花亲吻
阳光和麦苗抚爱

我就是
放不下你
却可以放下
整个世界

不要天亮

夜的时光
悠长悠长
蛙鸣
伴着花香
溪水
轻轻荡漾
风儿
亲吻我窗
醉了
那株海棠

闭着眼睛
想你
不要天亮

他乡

今夜的风儿
清凉
蔓草偎着花香
闪烁的霓虹
妩媚明亮
微醉的心儿
慌慌

你在远方
那里的街道
繁华宽敞
幽暗的咖啡厅
飘着音乐
告诉你那是
他乡

想你最美

趁浓浓年味
痛快相会
畅饮几杯
人生难得几回醉
相聚又能醉几回

且抛下一切
任北风尽情吹
任暖阳照耀你眉
来吧　干杯
思念太累
想你最美

夜深人静

夜深人静
寒冷包裹着天地
我从白天逃进黑夜
就是想找回自己
找回曾经
找回丢失的记忆

黑夜让我如此自由
多么不希望天亮

没有你的夜
竟是无尽想念
尽管沉沉倦意
夜深人静

错过

用了半生时光
在梦境中行走
空白的手心
抓不住流逝的记忆
岁月的剑锋
雕刻着沧桑的额头
儿时的青草的味道
早已失落在村口
那株老槐树上的云霞
已随雪花化为虚话

这个寂静无声的夜
想象着一双眼眸
沉沦的灵魂
所有的一切都可以错过

这个冬天依然寒冷

这个冬天依然寒冷

雾霾　霜雪　冰冻

冷漠刺骨的北风

一直肆虐着呻吟的田野

战火　恐怖　血腥　暴力

在某些角落弥漫升腾

难民在绝望的西行

贫困在阳光下

像野草般滋生蔓延

城市遮掩着虚假的浮华

海洋被装满炸药的舰艇搅动

曾经善良的心灵变得残忍凶狠

……

这个冬天依然寒冷

我还是渴望打开心门

尽管眼前有些东西已经失真

尽管我的心好疼

尽管　我只想做个美梦

想念一个人

只要我活着

只要活着
我必须爱你
没有任何理由和借口
如爱阳光　空气　和水
如爱脚下支撑万物的土地
不　要胜过一切爱你
胜过宗教和信仰
胜过生命中经历的所有时光
还要超越一切爱你
思想将时时刻刻伴你左右
灵魂将跨越时空距离
阻挡一切阴霾和苦痛靠近你
即使在人生最晦暗颓废时刻
我必将在你一起
只要活着

注：此诗可以倒读循环。

你

你的一低眉
便让我心湖荡漾
似微风吹拂　芦苇轻摇
鸟儿悠闲嬉戏
快乐的追逐飞翔

你的一浅笑
我已意乱方寸
如在醉人的化苑倘佯
寒冷和黑夜
也阻止不了缕缕馨香

你呀　是上帝赐予
我的天使

苍老未来

阴阴暗暗的天空
飘下的雪花却清清白白
自然的神奇就是在验证
对立统一中隐藏着和谐

时光飞逝
我在这里
你在远方
思念让我们彼此存在

雪花雕刻着岁月
岁月消磨着等待
相望向往中
我们苍老了未来

童话

今夜　我要做那颗流星
撕开凝重的夜幕
不知道从哪里来
只朝你的方向陨落
别错过遥望啊
宁愿粉碎在你的城
这耀眼的瞬间
铸就辉煌的一生

还想化成木头
为你盖所房子
挡风遮雨
做温暖的家
消解白天的劳累
让你安稳睡下
我要夜夜守护你呀
造一个永恒的童话

再梦一场

黑夜好漫长
我不想再用孤寂疗伤
你已点亮了那座灯塔
只是在很远的地方
数着滴答时光
我要向你飞翔呀
快赐我一双翅膀

黑夜好漫长
抚慰着悸动心房
我要等待天亮啊
寻一处地老天荒
让我再梦一场

明知

明知
时光里
再也不会相遇
我却
一次一次
执着的
在那路口
踌躇

时常

时常
透过门窗
默默
瞭望
只是
想
知道你
还是不是原来的
模样

当我们老了

小时候

不知道天外有天

有山　有江　还有海洋

长大了

终于明白

还有好多故事

在远方

在心中珍藏

于是

总会虚拟和想象

能有那么一天

背起简单行囊

和你流浪

去看海

去看他乡花开

去看夕阳染红山峦

满眼绿野异彩

可是

这单纯的愿望

变得如此虚妄

生活的锁链

禁锢了所有梦想

真的不知道

当我老了

你还会不会心存希望

当你老了

我还能不能

走到海边

站你身旁

最喜欢你的温柔

最喜欢你的温柔
无论光阴怎么走
你的秀发
在风影中总闪着柔波
那弯弯的睫眉下
有两汪深潭似的明眸
不知道你的出现
会让多少人驻足转头
就连你身边的花儿
都好像有点儿自惭含羞

亲爱
这一生若拥有你
堪比将相王侯
再美的江山
我也会丢在身后

排行

早上上班前

看着忙碌的妻子

突然想调侃一下

于是我问她

谁在你心中排在第一位置

她答

上帝

第二呢

你

第三呢

孙子孙女

第四呢

儿子和儿媳妇

第五呢

婆婆

第六呢

没有了

我说

亲爱的

那把上帝换成你自己吧

就因为人群中多看了你一眼 (可倒读)

就因为人群中多看了你一眼
心海里涌起了阵阵波澜
数着每一个花开的日子
期盼着还能再把你相见

平凡的日子没有了平凡
终于知道了什么叫思念
从此生命里多了份挂牵
就因为人群中多看了你一眼

把你唤醒

你那么冷静
我不知道
能不能化开
你的心
如果冰封千年
我就一直守在你身边
演绎一段旷古奇情
直到
把你唤醒

你在思念谁

静静的夜

月光如水

照着冰凉的窗

闭着眼睛想把思绪放飞

怎奈寒冷冻住了

梦的翅膀

封闭了夜中人的心扉

远方的你

冷吗

为什么你眼中含着泪

你在思念谁

遇见

遇见你
就如老家
小村庄
树梢上飘过的气息
又似那条快要干枯的
河里涌动
的涓涓水流
注定不会长久

能够抓住的
唯有已经到来的秋
和让我产生幻觉的
剩下半瓶的酒

今夜的时光好漫长

外面的天空好迷茫
挂着一枚圆圆月亮
残叶在风中莎莎响
好像月光敲打我窗

今晚的月光好冷
喝了两杯咖啡
还是觉得心儿冰凉
我好想知道
是不是你也一样
面对一轮明月
在孤独地忧伤

今夜的时光好漫长
我多么希望
早点儿天亮
早点儿见到太阳
早点儿温暖快要

冻僵的心房

夹在书页里的花瓣
早已发黄
再也闻不到丝丝余香
你在何方
难道你感觉不到
我眼中的思念你的
泪光　已经汇聚成
一片沉寂的海洋
今夜的时光好漫长

虚拟的唯一

你好神秘
看不到你
却能感觉到你
喝酒时
在端起的杯子里
抽烟时
在吹出的烟圈里
唱歌时
在嘶哑的歌声里
忙碌时
在奔波的影子里
劳累时
在疲倦的睡梦里
此时
在诗里

就是如此神奇
明明感觉到你

却无法说出你的样子

你又如此虚拟

明明在我心中

却不知道

你在哪里

也许

每个人心中都有一个天地

都有一个虚拟的你

只是

亲爱的

我的世界

你是唯一

我曾经走过你身旁

我曾经走过你身旁
你青春靓丽似春光
满心话儿想对你讲
可你就是不回头望

我还会走在这路上
总模糊不了你模样
走过岁月走过沧桑
走不出再和你相遇的幻想

你知道吗
我已经变得勇敢又坚强
抛弃了往日的自卑和忧伤
再也不会彷徨
心中充满了希望

你在哪里呢
我早已准备好行囊

就等和你云游四方
一起流浪一起歌唱
一起把未来向往

我依然走在这路上
我期待走过你身旁

轻轻念你的名字

多少次
我轻轻
轻轻念你的名字

在风里
在雨里
在书里
在字里
在花瓣里
在绚烂的烟花里
在每一个不眠的夜里
你是如此美丽
我怎么可能忘记
又怎能让思念停止
也无法逃避
那所有的快乐
刻骨的记忆

总是离不开

离不开你的名字

一直幻想

在一起

永不分离

不要前生

不惧来世

就从这辈子

把所有的爱给你

把所有的情给你

为你着迷

为你写诗

多少次

我轻轻

轻轻念你的名字

我一直在想象你的模样

明知是虚幻一场
我一直在想象你的模样

黑黑的头发
又细又长　　又明又亮
微风吹拂下
如波如浪
散发着阵阵醉人芳香
还有弯弯柳叶眉下
那泓清泉般的眸
如两朵黑牡丹飘在水上
微波荡漾
那粉红色微翘的嘴唇
仿佛珠玑般深藏
着篇篇乐章
一回首琴声悠扬
一抬头锦缎绵长
如果给我一吻

我宁愿从此地老天荒

我一直在想象你的模样
明知是虚幻一场

要等多久

春天走了
夏天也走了
不经意间
又等来了秋
我不知道
还要等多久
那朵花
开了又谢
谢了又开
那条河里的水
一直在流
还有深藏的
那瓶酒
让我醒了又醉
醉了又醒
半醉半醒间
已经染白了
我的头

岁月

依然美好

挂满枝丫的

葡萄还会熟透

只是

我想知道

把这生给你

够不够

我还要

再等多久

想你的时候

那个冬季

大雪纷飞

寒冷冰冻着天地

握着你渐凉的手

从此

生命之中

失去了你

失去了一个

坚实的胸膛

让我相偎相依

多少个夜里

在心底呼喊

在梦里找寻

醒来时

只有满脸泪滴

和不能释怀的悲戚

我知道

我对你无尽的报答
和无穷的感激
唯有期待来世

而今
想你的时候
只能靠追忆
或者在梦里

注：此诗纪念已经去世的父亲。

梦和诗

雨后的夜
清新沉寂
我打开思绪
揭开心底的醉意
撩起那片浓香
为你写诗

多少次
不能自己
就因为我的世界里
飘落着你的雨滴
七彩迷离
恍惚中
总想伸出手
无所顾忌
捡拾着落下的
梦和诗

如果

如果时间能回到从前
我一定会实实在在
过好每一天
我要抓住能够抓住的机遇
再也不会瞻前顾后不敢冒险

如果人生真的能若如初见
我宁愿把阴云雾霾当作蓝天
我要大声呼喊
我爱
我要把生命托付给你千年

如果此时你就在我面前
我会狠狠拥你入怀
我要揽尽人间
所有爱恋
吻去你眼中的泪
吻遍你甜蜜的脸

我的梦攥在你的手心里

每一个深夜
总是在梦里徘徊
不介意孤独的风
在寂静里肆意横吹

一次偶然相遇
邂逅了一生迷醉
仿佛前世丢失
终于在今生找回

就让黎明迟点来吧
我不要阳光照耀疲惫
我想让露珠拂去尘埃
我想让星星消解倦累

我的梦攥在你的手心里
打开就是杯浓郁的咖啡

你还好吗

天空布满了乌云
风卷着愁绪
在昼与夜的交接处
游动

期待一场雨
洗涤混浊气息
让阴郁的心中
唤醒那份久远的悸动

你还好吗
你的睡梦里有没有乌云
此时
有没有雨滴
飘落在你的天空

雨一直下

雨一直下
嘀哒　嘀哒
漫天飘落
淋湿了我的发
好像要我问
你还好吗
你那的天空是不是
也在下
这丝丝缕缕的雨
挥挥洒洒
仿佛远方无尽的
带着祝福的
牵挂

雨一直下
嘀哒　嘀哒
这是不是你
在我耳边说话

你说
外面的雨好大
我会站在窗前
等你
等你回家

若如初见

如果我是春天
我愿意你是那朵
洁白娇嫩的海棠
绽放在明媚的阳光
和温暖静谧的夜色里

如果我是大海
我愿意你是海鸥
飞翔在我的浪花中
享受蔚蓝的胸怀
和充满吉祥的梦幻般
的期待

如果我是文字
你就是那华丽优雅的
诗篇
带给我无尽的美好
和爱恋

让我遐想
让我思念

我要把你谱成歌
夜夜在你耳边
低吟浅唱
一世缠绵
我要一生中的
每一天
都
若如初见

我们走吧

我们走吧
把什么都丢下
就带着两颗心
和一把吉他
漂泊天涯

这里的一切
龌龊庸杂
纷繁浮华
善良
掩盖着虚假
邪恶的人
披着正义的面纱
丑陋的事物
污染着玻璃杯里的清茶

走吧
让身后的雨

放纵的下
好把污浊的脚印
冲刷
这里不是我们的家

亲爱的
走吧

亲爱的宝贝

稚嫩的脸颊
冰清玉洁
如含苞待放的
花蕊
娇艳欲滴
清澈的眼眸
仿佛碧海中的
朝阳
又似玉盘里的
珍珠
可爱的笑容
烟花般绚丽
彩虹般灿烂

亲爱的宝贝
我的世界
因为有你
所以美丽

呼唤

你的呼唤
一直萦绕在
我的耳畔
不敢入眠
是怕错过你的
声音
假装深醉
也只是想
等你唤醒

也许
闭着眼睛
你也能读懂
我的心

牵手

不知道

多少年后

还能不能

牵着你的手

步履蹒跚

慢慢地走

虽然

我们的手

布满褶皱

体型亦已佝偻

知道吗　亲爱的

这一生

我是多么富有

因为

风霜雨雪　困苦挫折

也没有把我们彼此

弄丢

看着你深陷的眼眸
依然闪动着
刻骨的温柔
嘴角的微笑
还会让我的心
颤抖

亲爱的
歇歇吧
慢点儿走
我们要把今生
走在身后
直到来世
还是彼此
守候
牵手

一眼千年

攥着你的手
紧紧
唤着你的名字
轻轻
冷冷的海水
冰冻着滚烫的心
幽幽的眼睛
诠释着亘古的情

永恒挂牵
一眼千年

不再相信

对你的思念
一直不曾忘记
深藏与心
无论风雨
无论冰霜
无论黑夜
无论天明

可是
有一刻
忽然梦醒
你的承诺
就像树上的风铃
又如
撒哈拉沙漠上的
幻影
不再相信

思念的网

多少次告诉自己
要把你遗忘　丢掉以往
多少次强迫自己
把你锁在心底
从此深藏　或者埋葬
可对你的思念就像
山崖边那倔强的野草
总是没来由的疯长
又似决堤的洪水
冲破胸膛无法阻挡

秋风已过　冬夜变得漫长
闭上眼睛　全是你的模样
我不知道　亲爱
你究竟要我怎样
怎样才能走出
走出你织就的这张
这张无边无际的网

夜的暧昧

今晚　夜色好妩媚
漫天弥漫着星辉
清爽气息充满了
温馨的滋味
听着动感爵士乐
仿佛剩了一半的咖啡
那余香还在让我迷醉
让我不愿放下酒杯

窗外微风拂着露珠
依然在轻轻地吹
秋叶像思绪一样
也在静静下坠　纷飞
想着你一天的劳累
是不是现在
已经入睡
亲亲
我的心中
你总是最美

等我靠近

寂寞的夜
好安静
我让思想
进入梦境
孤独地前行
默默地聆听
远方海浪的声音
如天籁般空灵

那颗闪亮的星星
是不是你的眼睛
你在等我吗
等我梦醒
等我靠近

不想梦醒

不想梦醒

是因为不想

松开你的手

怕你再一次

把我弄丢

黑黑的夜

我轻轻地走

只是想多收集一点

你的温柔

渐冷的微风

吹拂着

凝重的双眸

告诉我现在是

又一个深秋

我不知道

我的等候

还能坚持多久

风景

我走你曾经

走过的风景

那一刻　满心欢喜

寻着你的踪迹

闻着你的气息

想象你的影子

蔚蓝的大海　朵朵浪花

清新扑面的风

那片沙滩　那葱绿

挺拔的椰子树

还有那轻轻晃动的

也许你荡过的摇椅

所有的景致

无不令我心旷神怡

我已沉醉　仿佛痴迷

睁开眼　找不到你

光芒四谢　只有风景

你在哪里呢

我要等你回来

哥哥　我要等你回来
自从你离开了我的城市
离开了那梦魂牵绕的站台
就像离开了我的世界
我在期盼中过着日子
日日夜夜在无助和寂寞中等待
等你突然归来
等你宽厚的肩膀拥我入怀

你知道吗　哥哥
那间咖啡厅的门一直为你敞开
那温馨浪漫的气息
一直抚慰着我的心怀
那湖边的风景依然美丽
那块石头上我时常孤独地坐着
久久地静静地痴痴地发呆
直到等到月亮偷偷爬上来
还有我们常去的那片海

我无数次地在岸边徘徊
我总会苦苦的凝望寻找
寻找属于你的那朵云彩

无论你在哪里身处何方
我会一生一世把你等待
哥哥　我只有你的世界
我不在乎多少次深夜里
梦醒时分时的泪满双腮
也不惧怕寒冬里的雾霾
我总会一直一直地等待
等到秋往春来花落花开
等到山河轮转黑发变白
哥哥　我要等你回来

我离开了你的城市

我离开了你的城市

喧闹的站台　飘着稀疏的雨滴

透过车窗我已找不到你

亲爱的　不要哭泣

这个城市虽然繁华

可惜没有我的位置

我的梦不在这里

尽管真的有很多美丽

好多地方留有我们的足迹

那间常去的咖啡厅

总弥漫着温馨浪漫气息

萦绕着我们儿时的故事

那座公园里小湖边的石头上

我们一起　相偎相依

看流星滑过　听夜莺轻啼

那片海的岸边

我们一起　听海浪呼吸

一起等海市蜃楼的奇迹

而今　这一切已成过往
所有都变成了回忆
来日可追　往者已矣
我离开了你的城市

为什么你只出现在我梦里

天气热的令人窒息
也已经几天没有拿起笔
如果不想你
这生活还有什么意义
每天愚钝地活着
只剩走肉般的躯体
你在哪里
为什么只出现在我梦里

你知不知道
如果没有虚拟的你
我写不出任何东西
所以我期待黑夜
期待快点进入梦里
明月朗朗　凉风习习
寻着你的踪迹
一次又一次
为你写诗　为你写词

泪如珍珠

在我年少时
身边的人说
我不可以流泪
结果呢
结果哭得跟下雨一样
依旧美

于是你说
一滴泪就如一粒珍珠
你收获了很多珍珠

我不信
连哭都让你说得如此美
我人可不美呢
不过我心灵美

因为你人美
所以你的泪也美

你的心是养殖珍珠的湖
成熟了的珍珠
就会从你的眼中滑落